Juan Marsé

Gute Nachrichten auf Papierfliegern

Juan Marsé

Gute Nachrichten auf Papierfliegern Roman

Aus dem Spanischen von Dagmar Ploetz

Verlag Klaus Wagenbach Berlin

Die spanische Originalausgabe erschien erstmals 2014 unter dem Titel *Noticias felices en aviones de papel* bei Lumen in Barcelona, die deutsche Erstausgabe 2016 als *SVLTO* bei Wagenbach.

FSC www.fsc.org
MIX
Papier aus verantwortungsvollen Quellen
FSC® C014889

Wagenbachs Taschenbuch 849

Verlag Klaus Wagenbach, Emser Straße 40/41
10719 Berlin www.wagenbach.de

Umschlaggestaltung Julie August unter Verwendung des Gemäldes »Dame mit Fächer« (1917 / 1918) von Gustav Klimt. Gesetzt aus der Scala.
Vorsatzpapier von peyer graphic gmbh, Leonberg.
Gedruckt und gebunden bei Pustet, Regensburg.

ISBN 978 3 8031 2849 2

Zum Gedenken an Paulina Crusat,
die mir die Tür öffnete.

»Wir mögen mit der Vergangenheit abgeschlossen haben, die Vergangenheit aber nicht mit uns.«

Bergen Evans

Kapitel 1

»Und vergiss nie, die wahre Liebe, die eine Frau dir schenken kann, wird nicht die sein, nach der du suchst, sondern die, von der du nicht wusstest, dass du nach ihr gesucht hast.«

Das war der letzte Ratschlag, den Bruno von seinem Vater bekam, drei Tage vor seinem fünfzehnten Geburtstag, als er hoffte, ihn nie mehr im Leben zu sehen. Nachdem er ein paar Sekunden darüber nachgedacht hatte, antwortete der Junge kaum hörbar: »Schon klar.«

Bruno war ein schweigsamer und spröder Junge, der sich hinter einer früh ausgebildeten strategischen Schüchternheit versteckte. Seine Eltern, Amador und Ruth, hatten sich getrennt, als er neun Jahre alt war. Kennengelernt hatten sie sich Mitte der Siebzigerjahre in einer Hippiekommune auf Ibiza, er war fünfunddreißig, Ruth zweiunddreißig, also beide schon des längeren erwachsen, und es war Liebe auf den ersten Blick, entstanden im Strudel der Veränderungen und Ungewissheiten, die das Land um diese Zeit durchlebte. Amador Cano Raciocinio war in

Mugía, einem Städtchen in La Coruña, geboren und wuchs in Barcelona auf, wohin seine Eltern Anfang der Vierzigerjahre umsiedelten. Als Ex-Zögling eines Priesterseminars und ehemals fliegender Händler von Matratzen und Schokoriegeln brüstete er sich in der Kommune mit Einführungskursen an der Universität Berkeley, gab Yoga- und Musikunterricht und spielte Klarinette. Er hatte eine frische Farbe, war kussfreudig und schlagfertig, der Kollege, der bei fast allen gut ankommt, bis er versehentlich fast alle unglücklich macht. Ein Experte in pazifistischen Ritualen und hausgemachten Marmeladen, sahen die Frauen in seinen blauen Augen ein Aufblitzen von Wind und Freiheit, und er nährte dieses Trugbild. Ruth Vélez war eine dunkle, unpolierte Schönheit, eine diskrete, bescheidene Erscheinung mit sommersprossiger Haut und schmachtendem Blick, ein Blick, der erotische Inbrunst ausstrahlte, wovon sie nichts wusste. Gerade erst getrennt von einem Imbissbesitzer aus Santoña, kam sie nach Ibiza an der Hand eines Fotografen, der sie nach zwei Monaten verließ. Sie buk köstliche Schinkenkroketten, die sie billig verkaufte, und fertigte Rosen aus Wolle und prächtigen Blumenschmuck aus allerlei Stoffresten. Bruno war für Ruth, nicht aber für Amador, ein Wunschkind, er wurde in einem Blumenbett geboren, in dem sich echte und falsche Rosen vermengten, und gewiegt mit den Liedern von Pink Floyd, Riten einer Gegenkultur und dem Duft von Marihuana und hausgemachter Quittenpaste.

Im Herbst 1983 stellte sich Ruth, die in einer flüchtigen, mit Sex, Utopien und Rauch aufgeladenen Atmosphäre nach Orientierung suchte, die Frage nach der eigenen Zukunft und der ihres Sohnes. Sie hatte Amadors schamlose Untreue satt, auch seine kleinen, krummen Geschäfte, die ständig Anlass zu Aufregung und Streit gaben, und schlug, um in Ruhe überlegen zu können, eine zeitweilige Trennung vor. Sie wollte ein paar Monate mit dem Kind nach Barcelona. Silvia Fisas, eine von der Kommune ernüchterte Freundin, hatte dort in der Altstadt gerade ein Geschäft mit Ibiza-Mode eröffnet und bot ihr eine Stelle als Verkäuferin an. Amador hatte nichts dagegen, bat sie aber, die Abreise um eine Woche zu verschieben. Er versprach, sich zu bessern. Zwei Tage später jedoch, an einem windigen, regnerischen Nachmittag, stieg er aufs Fahrrad, um zu einer Yogastunde zu fahren, und kam nicht wieder. Weder am nächsten Tag noch in der nächsten Woche. Daraufhin löste Ruth ihr kleines Geschäft auf, nahm das Kind und zog nach Barcelona.

Ein Jahr später bekam sie eine Postkarte aus Marrakesch, mit der Amador sie um Verzeihung bat, seine baldige Ankunft in Barcelona ankündigte und seinen Wunsch nach Versöhnung. Er tauchte jedoch erst fünf Jahre später auf der Durchreise nach Nepal wieder auf; dort sollte er sich in den Bergen von Mustang mit einer Krimi-Autorin aus Mallorca treffen, der er in einer Kommune in Teneriffa Gesangs- und Klarinettenstunden gegeben hatte. Es war Anfang Juni, und er erklärte, er wohne schon seit einem Monat in einer billigen Pension im Ribera-Viertel, wo er eine mexikanische Ranchera-Sängerin in tantrischem Yoga unterrichte. Sein Kopf war kahlgeschoren, er trug die safrangelbe Tunika eines tibetischen Mönchs, auf dem Rücken einen khakifarbenen Rucksack und auf der Brust einen mexikanischen Sombrero sowie seine Klarinette. Auf dem Rucksack stand mit Filzstift geschrieben FENG SHUI. Ruth sagte, sie sei bereit, ihm alles zu verzeihen, nur nicht, dass er sich seinem Sohn als Witzfigur präsentiere.

»Wie kannst du so was sagen?«, beklagte sich Amador. »*Won't back down*, erinnerst du dich, wir weichen nicht zurück?«

»Aber du bist doch dein Leben lang ausgewichen!«

»Wenn du darauf anspielst, dass ich oft Mist gebaut habe, besonders bei dir, so gebe ich das zu und bitte um Verzeihung. Aber ich meine etwas anderes.«

»Aha. Etwas anderes.«

»Ich spreche von unseren Überzeugungen, unserem Verlangen ...«

»Klar. Dieses Verlangen.«

»Aber ja. Ich sehne mich noch immer nach den fernen Gärten von Córdoba.«

»Aha. Córdoba.«

Sie blickte ihm nicht ins Gesicht. Sie lächelte unmerklich und sah auf ihre Nägel. Amador erinnerte sich: Wenn sie sich seine Entschuldigungen anhörte und dabei auf ihre Nägel sah, war das fast immer der Auftakt zum Vergeben, das sie ihm nicht verweigern konnte.

»*We shall overcome*, erinnerst du dich, Ruth?«, fügte er hinzu. »Es wird dich vielleicht interessieren, dass ich kein Gras mehr rauche, auch keine stinkenden Kippen, ich bin ein anderer Mensch, auf der Suche nach einem anderen Menschen. Oder umgekehrt. Weißt du, ich habe lange darüber nachgedacht und bin jetzt entschlossen, mich an ein Studium des Buddhismus zu machen.« Er schaute sie aus den Augenwinkeln an, taxierte ihre Gemütslage und fügte mit spöttischem Unterton hinzu: »Es ist mehr als bewiesen, dass der spirituelle Rückhalt des Westens nicht Spanien ist, wie wir das gerne hätten, und weder der Berg von Montserrat noch Barça sind der spirituelle Rückhalt Kataloniens, also, was das mit uns angeht ...«

»Schon gut. Bleibst du zum Essen? Es gibt Makkaroni.«

Der unerwartete Besuch führte zu einer unangenehmen Situation. Bruno konnte nicht verstehen, dass seine Mutter diesen Mann empfing, als sei nichts gewesen. Nachdem er ihn förmlich, aber mit kaum verhohlener Schroffheit begrüßt hatte, war der Junge in seinem Zimmer verschwunden.

Sie wohnten im Hochparterre der Calle Congost Nummer 7 im Gràcia-Viertel, eine bescheidene Wohnung, von der Tante der Ex-Hippiefrau Silvia Fisas gemietet, in deren Geschäft Ruth weiterhin arbeitete und ihre Wollblumen verkaufte. Bruno sollte, nachdem er lustlos und mit wenig Nutzen eine öffentliche Schule im Viertel besucht hatte, demnächst als Lehrling in einer Konditorei an der Puerta del Sol beginnen, deren Besitzer mit einer von Ruths Kundinnen verheiratet war. Zunächst würde er als Laufbursche eingesetzt. Amador sagte, ihm wäre es lieber gewesen, wenn sein Sohn sich für die Klarinette statt für ein Schlaginstrument entschieden hätte – aus dem Zimmer war zu hören, wie Bruno eine Trommel bearbeitete –, aber eine h-Moll-Klarinette, so wie die seine, die ein außergewöhnliches Gehör und eine höhere Sensibilität erfordere. Er zeigte Ruth einen Papierflieger, den er, wie er sagte, kurz zuvor auf der Straße, gleich vor dem Haus, aufgesammelt hatte und als Glücksbringer nach Nepal mitnehmen wollte.

»Schau, was auf die Flügel gedruckt ist«, fuhr er fort. »Hier, lies. *Schwarze Schokolade*. Und hier, schau: *Plätzchen und Kekse*. Ein geheimer Code? Eine Losung? Nein, liebe Ruth, ein Omen, ein Zeichen des Schicksals. Die Zukunft wird süß. Im übrigen könnte ich schwören, dass mein Sohn dieses kleine Flugzeug gemacht hat, es ist zwar reichlich primitiv, sieht aber genau wie die aus, die ich für ihn gemacht habe, als er klein war, du weißt schon, damals auf unseren geliebten Stränden von Shangri La, erinnerst du dich? …«

»Hör auf, bitte«, murmelte sie. »Bitte.«

Sie versuchte die Trauer in den Augen hinter ihren dichten Ringellocken zu verbergen und spürte plötzlich eine Hitzewelle und ein Kitzeln an den Fußsohlen. Sie stand am Strand auf warmem Sand, hörte das gelassene Rauschen der Wellen, schob die Haare aus dem Gesicht, neigte mit einer melancholischen Mattigkeit des Halses den Kopf zur Seite und bot das Gesicht dem Seewind dar, als sie dann aber ihre nackten Füße auf den Esszimmerfliesen sah, drehte sie sich um und ging raschen Schritts zum Schlafzimmer, ließ Amador, den von gestern am Strand wie den von heute, mit dem Wort auf der Zunge stehen. Aus den glücklichen Tagen von Blüten und Honig waren ihr die lockige Haarpracht geblieben und die Angewohnheit, sich barfuß in der Wohnung zu bewegen. Auf dem Bett sitzend, zog sie sich mit einiger Hast ihre Stoffschuhe an.

Als sie zurück an den Esstisch kam, sagte Amador, ihre Haut sei immer noch so wunderbar und dufte so gut. Er sagte auch, sie möge Bruno doch bitte überreden, ihn nicht mehr zu siezen, und kündigte an, er wolle, bevor er aufbreche, alleine mit dem Jungen reden.

»Was zum Teufel hat er sich vorgenommen, dass er dermaßen die Trommel traktiert?«

»Nichts, nehme ich an. Er mag das.«

»Und warum nennt er mich Herr Raciocinio statt Papa?«

Ruths Blick fiel auf seine aschig schlaffen und schlechtrasierten Wangen.

»Er hat immer viel Respekt vor dir gehabt …«

»Wirklich? Die Sache ist verwickelter. Hast du ihm keine Manieren beigebracht? Wie ist er nur darauf gekommen?«

»Weiß ich nicht. Frag ihn doch. Er ist in seinem Zimmer.«

»Er wird mir zuhören müssen. Er wird fünfzehn. Ich bin immer noch sein Vater, immer noch Amador. Oder umgekehrt.«

Geübt darin, Süßholz zu raspeln, um Verantwortung aus dem Weg zu gehen oder sie anderen aufzuhalsen, lag in seiner bedürftigen Stimme etwas von einer arkadischen Sehnsucht, ein Raunen im Dunkeln, etwas, das Ruth, auch gegen ihren Willen, noch ansprach. Für Bruno hingegen bedeutete das alles nichts, es war nur das durchtriebene Gesülze eines Schmarotzers. Er erinnerte sich an den süßlichen Quittengeruch seiner Hände und an nicht viel mehr. Während er nun über Krishna belehrt wurde und über die geheimnisvollen Wechselfälle eines schweifenden Lebens auf der Suche nach dem Atman, dem leuchtenden Gebiet, wo die Seele wohnt, wie Herr Raciocinio präzisierte, während Bruno also dem reichlich öden Sermon zuhörte und linkisch an der Türschwelle stand, die Trommelschlägel aber wie zur Selbstverteidigung vors Gesicht hielt, die Augen halb geschlossen, wie in unbesiegbarer Schläfrigkeit befangen, verwandelte sich für ihn in einer knappen Minute der Mann, der behauptete, sein Vater zu sein, in einen durchgedrehten Landstreicher, einen Penner, einen Bauchredner, der Lügen und Schwindel verkaufte, in den lächerlichen Überlebenden eines Scheiterns oder einer seltsamen Unvereinbarkeit mit der Welt. Warum, verdammt noch mal, will er wissen, ob ich diesen Papierflieger, den er auf der Straße gefunden hat, gefaltet habe?

»Ich weiß nicht mal, wie die gemacht werden, Herr Raciocinio«, brachte er vor.

»Natürlich weißt du das, mein Sohn. Ich hab's dir beigebracht.« Die in blauem Wasser schwimmenden Augen sahen ihn voller Zuneigung an. »Das sind Dinge, die man nie vergisst. Sie fliegen davon, werden aber nicht vergessen. Womöglich ist jeder Papierflieger, den du in die Luft wirfst, ein Traum, der das Fliegen lernt …«

Ich scheiße auf fliegende Träume, ich scheiße auf alles, was deiner Meinung nach fliegt, Herr Raciocinio, dachte er, während er sich mit den Trommelstöcken auf die Brust schlug und dabei wie zerstreut zur Zimmerdecke sah. Sein Vater nahm ihm lächelnd, ohne Schroffheit, die Stöcke ab, und dann, eine spontane Geste, die eher dem Kummer als einer zärtlichen Eingebung zu gehorchen schien, umfasste er Brunos Kopf mit beiden Händen.

»Fliegen, schweben, vielleicht auch träumen, das ist hier die Frage«, sagte er in einem hinterhältig trägen Ton. »Erinnerst du dich an das Lied? *Auf dem Meer laufen die Hasen, durch den Wald die Sardinen* … Das will nicht heißen, dass alles eitel Sonnenschein ist, das nicht. Aber immer in den Rückspiegel gucken, nicht wahr, man muss die Vergangenheit zu lesen wissen, will man in die Zukunft sehen. Und selbst wenn du sie nicht sehen kannst, mein Sohn, die Gärten kommen immer näher …«

Alles nur Scheiße, du Arschloch, sagte er sich und schloss die Augen. Was man nicht sieht, existiert nicht, und was ein beknackter Schwindler und Hungerleider träumt, existiert noch viel weniger, das ist reiner Humbug. Die scheinheiligen Hände, die auf seinem Kopf lagen, rochen jetzt nach angegorener Quittenpaste, ebenso die Stimme. Bruno sah sich plötzlich in einer Vergangenheit gefangen, für die er nur Unglauben und Widerwillen übrighatte, sah sich Erlebnissen ausgeliefert, von denen er nichts wissen wollte, während diese Stimme, der er auch nicht trauen konnte, aus einer unwirklichen Landschaft emportauchte und Szenen erstehen ließ, in denen sich Trug und Träumerei, Gelebtes und Eingebildetes vermischten. Gesang und Gitarren rund um die Lagerfeuer unten am Meer, in den Rauchfahnen tanzende Nachtfalter, Mädchen mit goldbraunen Schenkeln und Blumen im Haar. Das Hippiekind bekommt, auf einem Delphin reitend, Klarinettenstunden, es liegt in einem Boot voller Quitten oder rennt nackt über den Strand oder über einen Teppich aus Margeriten und Mohn, der sich vom Haus bis ans Meer erstreckt. Viel Trubel am fröhlichsten Geburtstag seiner Mutter, Kroketten und selbstgemachte Marmelade am kleinen Markt von Punta Arabí, und sie sitzt hinter dem Stand, allein, weinend. Psalmen und

Meditationen, und sein Vater läuft nackt über den Strand, der lange Zopf windet sich vom Hinterkopf bis zur dunklen Kerbe im Gesäß. Das Arsenal geblümter Hemden trocknet auf der Wäscheleine von Arenas Blancas im Wind. Seine Hände bewegen sich auf der Klarinette wie zwei blonde behaarte Spinnen ...

Jetzt, da er ihm erzählt, wie er seine Mutter auf einem Karussell verliebt gemacht hatte, sie auf einem Haifisch, er auf einer Sardine reitend, ist das Geschepper von Scherben zu hören, ein Teller oder eine Tasse, die auf dem Küchenboden zerschellt, und die matte Stimme von Ruth, als spräche sie mit sich selbst: »Alles Lüge.«

Ohne das lachende Gesicht zu verziehen, schaute er auf die Trommelstöcke in seiner Hand, als wisse er plötzlich nicht mehr, was er mit ihnen anfangen solle, und spitzte die Ohren, falls da noch weitere Kommentare kämen.

»Keine Sorge. Auf Ibiza fiel ihr immer irgendein Teller runter, weißt du noch?«

»Nein, Señor.«

»Jetzt nenn mich doch nicht Señor, verdammt. Ich sagte, dass deine Mutter nicht richtig zugreifen kann.«

»Aha.«

Es schmerzte Amador, dass Bruno ihn nicht ins Zimmer bat, dass er die Tür blockierte, er sich mit dem Rücken und einem Bein nachlässig an den Türrahmen lehnte, am meisten schmerzte ihn aber, dass der Junge ihm das Du verweigerte und ihn mit seinem zweiten Nachnamen ansprach, der so gespreizt und hochtrabend klang.

»Nun ja, mein Sohn, jetzt habe ich dir erzählt, wie es damals war.«

»Wirklich?«

»Absolut. Wort für Wort.«

»Aha.«

»Es ist dein Leben. Und es gibt keinen Grund, sich zu beklagen oder sich zu schämen. Ich sag's ich dir.«

»Aha.«

»Und was ist dann mit dir los?«

»Na ja, ich weiß nicht, wie ich es erklären soll. Nein, im Ernst. Es ist so ... Ich weiß einfach nicht, wovon Sie da sprechen.«

Amador schnaufte, geduldig. Er war ein Hippieveteran, pragmatisch geworden und daran gewöhnt, Argwohn zu wecken.

»Aber Junge, wann kommst du auf den Boden der Tatsachen? Hat deine Mutter dir denn nicht von unserem gemeinsamen Leben dort auf der Insel erzählt?«

»Doch, ja, ein wenig. Aber das ist es nicht. Es ist nur ...«, er zögerte einen Augenblick. »Sie müssen wissen, Herr Raciocinio, ich kann es einfach nicht glauben. Und was heißt das, was Sie da auf dem Rucksack stehen haben, FENG SHUI?«

»Das heißt Wasser und Wind, also die tellurischen Kräfte der Erdkugel.«

»Ach so. Also, ich meine das wirklich ernst, ich würde an all das gern glauben, aber schauen Sie ...«

»Schau mal, Sohn, ich sag dir eins: Wer auf dieser Welt an nichts glaubt, ist auch nicht von seinen Ängsten befreit. Ich weiß nicht, ob es etwas nützt, an Gott oder den Teufel zu glauben, ich weiß aber, dass es Wasser und Wind aus irgendeinem Grund gibt ...«

»Ja, aber alles, was Sie mir da erzählen, entschuldigen Sie, wenn ich das sage, aber ... Ich kann es einfach nicht glauben. So ist das.«

»Du bist einfach zu früh groß geworden«, sagte Amador. »Wer weiß, was deine Mutter dir erzählt hat. Die Frauen sind ein Rätsel, weißt du? Vor allem diejenigen, die uns beschützen wollen. Bald wirst du ein Mann sein, also werde ich dir etwas über sie sagen. Vergiss nie ... Hörst du mir zu?«

»Ja, Señor.«

Kurz darauf, als Ruth sie zum Essen rief, ging Amador mit seinem Rucksack und den Trommelstöcken ins Badezimmer und blieb dort länger als normal eingeschlossen. Bruno hörte, wie er sich mehrmals kräftig schneuzte. Dann gurgelte er sehr lange und in verschiedenen Tonlagen. Ruth schien nichts davon merken zu wollen. Dem Jungen fiel der niedergeschlagene Ausdruck seiner Mutter auf, und er fürchtete, sie könne jeden Augenblick losheulen. Er sagte, er wolle nicht mit Herrn Raciocinio am Tisch sitzen, ihm sei schwindlig und er müsse ins Bett, ging auch nicht auf ihre Bitten ein, sich doch wenigstens zu verabschieden. Er verzog sich in sein Zimmer und ließ die Tür offen, um zu hören, was am Esstisch gesprochen wurde.

Das Abendessen dominierte die Stimme seines Vaters, er verhedderte sich in langen Erklärungen über wirre Reiseprojekte, Epiphanien und neue Formen, sich den Lebensunterhalt anhand von Analogien, Spiegeln und Korrespondenzen zu verdienen, störrisch darauf beharrend, dass dies alles einen tantrischen Sinn haben müsse, bis er auf einmal gestand, er fühle sich doch inzwischen für einige Dinge zu alt, zu müde und verletzlich. Er sagte ihr, wenn er auf der Klarinette das Lied spiele, das sie so gern gemocht habe, sie wisse schon, *jener rosa Kirschbaum, der in einem Winkel deines Gartens wuchs*, müsse er immer an ihre Apfelbrüste denken. Dann gab es ein paar Minuten Schweigen, eine kaum hörbare Stimme durchbrach es mit Worten, die nach Trost klangen, dann scharrten Stuhlbeine über die Fliesen, wieder langes Schweigen – scheiße, die werden sich doch nicht küssen? –, das in einem Schluchzer gipfelte – von wem? –, und von da an war seine Stimme nicht mehr dieselbe.

»Du sollst wissen, Ruth, dass ich dir sehr dankbar für diesen Empfang bin. Ich habe nichts anderes von dir erwartet ...« Noch ein Absacken der Stimme, nun blieb nichts mehr von dem arkadischen Klang. »Ich habe euch ein wenig enttäuscht, ich weiß. Ein Mann soll für seine Angelegenheiten Verantwortung übernehmen. Aber die Sache ist die, ich habe keine Angelegenheiten, habe sie nie gehabt, ich habe ... Wege. Und meine Pilgerreise ist seltsam und leise, wie die der Spinnen; die machten dir damals, als wir zusammenlebten, so große Angst, erinnerst du dich? Ich weiß, wohin ich gehe, ich spüre das Pochen des Universums in meinen Schläfen. Diese neue Reise, zum Beispiel ... Obgleich, man wird sehen, es dauert wohl noch eine Weile, bis ich mich aufmache, davor muss ich mich hier noch um einige Dinge kümmern. Es hat ja auch keine Eile, nun ja, ich weiß nicht, in Wahrheit ist ja noch nichts entschieden ...« Noch ein Schluchzer, wieder nicht zuzuordnen, und er fügte hinzu: »Bitte, Ruth, es gibt keinen Grund zu klagen. Eigentlich ist alles noch etwas in der Schwebe. Gerade jetzt ist die Pension, in der ich wohne – von Freunden heiß empfohlen und in Wirklichkeit eine üble Absteige –, nun ja, auch noch im Umbau, und ich lass mich wahrlich nicht schnell aus der Ruhe bringen, aber es könnte irgendwas passieren, und ich steh morgen auf der Straße ... Glaubst du, Ruth, du könntest ... du könntest mich hier vorübergehend unterbringen? Nur ein, zwei Tage – oder drei, liebe Ruth?«

Wieder das Scharren der Stuhlbeine und ein langes Schweigen. Bruno spitzte die Ohren, wartete auf die Antwort seiner Mutter.

»Meinetwegen ...«, begann sie, und dann nach einer Pause: »Aber ich fürchte, es geht nicht.«

»Warum nicht? Nur ein paar Tage ...«

»Dein Sohn hat nicht vergessen, und er akzeptiert dich nicht. Hast du das denn nicht gemerkt?«

»Hmm. Der Junge ist etwas ungezogen, meinst du nicht?«

Schweigen.

»Er lügt aber nie«, murmelte Ruth.

»Er ist auf alles sauer. Und das ist schade. Das Leben ist zu kurz, um ständig sauer zu sein. Sag's ihm.« Und in versöhnlicherem Ton: »Ich habe nie die Hand gegen ihn erhoben, das weißt du. In der Strandhütte hatten wir drei doch eine gute Zeit. Wenn du ans Karma glaubst, alles kommt wieder, alles wird wieder wie früher ... Du hattest Angst vor Spinnen, weißt du noch? Sag mir eins, Ruth ... Du warst dort glücklich, stimmt's?«

Wieder Schweigen. Das Zischeln eines Siphons in einem Glas.

»Leidest du noch unter Arachnophobie, liebe Ruth?«

Die Antwort ließ etwas auf sich warten.

»Was ist das? Sicher etwas Unangenehmes.«

»Oh, nein, ein neues Wort.« Wieder eine Pause. »Du hattest immer Angst vor dem Neuen, nicht wahr, Ruth?«

Kurz darauf entschloss er sich zu gehen, aber davor sperrte er sich noch eine Weile im Bad ein. Er verabschiedete sich von seinem Sohn im Flur, durch die Tür, die Bruno geschlossen hatte und trotz Ruths inständigem Bitten nicht öffnete, man hörte nur ein dumpfes »Adiós«, als spreche der Junge unter einem Haufen Laken. Eine vorbildliche Gemütsfestigkeit vorspiegelnd, wies Amador Ruth an, nicht zu insistieren, und sie, in ein Meer des Zweifels getaucht, demütig, einmal mehr auf ihre Schwäche zurückgeworfen, begleitete ihn zum Ausgang, wo sie ihm ein blaues Halstuch mit weißen Tupfen um den Hals band, dann küsste sie ihn auf die Wange und öffnete ihm die Tür. Der unbeugsame Hippie verabschiedete sich ohne viele Worte, bewahrte mühsam die tolle Haltung seiner besten Jahre, Klarinette am Brustriemen und ein forciert unbeschadetes Lächeln im verwüsteten Gesicht, das verbrannt war von der Sonne der Niederlage.

Am nächsten Tag entdeckte Bruno im Badezimmer einen der Trommelschlägel. Der zweite tauchte nicht wieder auf. Nachdem einige Zeit vergangen war, blieb ihm von all dem, was sein Vater an jenem Abend getan und gesagt hatte, nur noch der verschwundene Trommelstock im Gedächtnis und jener unverhoffte Ratschlag, der gleichermaßen eine Entschuldigung und ein Rätsel zu enthalten schien, darüber, was man immer in den Frauen sucht und am Ende findet.

Kapitel 2

Zwei Monate später, an einem heißen Samstag Anfang August, verließ Bruno die Konditorei Rosich an der Plaza del Sol, wo er nun schon seit drei Wochen arbeitete. Auf dem Heimweg merkte er plötzlich, dass die Straße, auf der er ging, mit Papierfliegern übersät war. Betäubt von der erbarmungslosen Sonne um zwei Uhr mittags und etwas schwindelig von dem süßlichen Geruch, den er aus der Konditorei mitbrachte, fürchtete er, Opfer einer Halluzination oder einer Fata Morgana zu sein, als er so viele Flieger auf dem Boden verstreut sah, überprüfte dann das Straßenschild und stellte fest, nein, er träumte nicht, hatte sich auch nicht verirrt, er befand sich in seiner Straße, der kurzen und engen Calle Congost, die nicht asphaltiert war und schadhafte Gehsteige hatte. Die kleinen Flugzeuge bedeckten einen Teil der Fahrbahn vor seinem Haus, mindestens dreißig Stück lagen da, unbeholfen gefaltet aus Zeitungsseiten und alten Comics. Es waren nicht die gestylten, aerodynamischen Flieger, sie waren nach dem alten Muster gefertigt, Flügel, eine doppelte spitze Schnauze und ein hochragender Schwanz. Noch immer wie betäubt, sah er ein Flugzeug mitten auf die Straße stürzen und ein anderes im Gleitflug vor seinen Füßen landen. Er hob es auf und las auf den Flügeln: *Heute: Kinderfest mit Kakao im Güell-Park.*

Er blieb einen Augenblick stehen und schaute sich um. Niemand kam vorbei. Radiomusik tönte aus dem Fenster von Frau Candelaria. Er glaubte, die brüchige Stimme eines Papageien zu hören, und hob den Blick zu dem von Geranien und Nelken überquellenden Balkon der alten Frau Pauli. Gegen die ihn blendende Sonne sah er den dünnen, nackten Arm, der sich mit dem ersten Schwung vom Geländer löste, die Hand öffnete sich in der Luft und ließ einen weiteren kleinen Papierflieger frei, der kurz nach oben vor das tiefe, leuchtende Blau schoss; dort schien der Flieger einen Augenblick innezuhalten und einzuschwenken, wie ein Vogel, der die Orientierung verloren hat, um dann trudelnd auf die Straße zu fallen, während der noch erhobene Arm der Alten vom Balkon verschwand.

Kurz darauf betrat Bruno das Haus. Von der Küche aus hörte seine Mutter ihn kommen.

»Frau Pauli, du sollst zu ihr rauf.«

Der Junge hängte seine Jacke über eine Stuhllehne und blieb stehen, blickte zu Boden. Der Tisch war schon gedeckt.

»Jetzt?«

»Sie möchte mit dir sprechen.«

»Worum geht's?«

»Hat sie mir nicht gesagt.« Ruth kam erhitzt aus der Küche, band sich die Haare hoch. Sie zeigte auf einen alten roten Wollschal, der über einem Stuhl hing. »Du kannst ihr dann gleich diesen Schal bringen. Wir essen, wenn du wieder da bist.«

Bruno schnalzte verärgert mit der Zunge.

»Was ihr wohl diesmal Verrücktes eingefallen ist. Sie wird von Tag zu Tag bekloppter.«

»Du weißt, ich mag nicht, dass du so was sagst.«

»Hast du gesehen, was sie mit den Comics macht, die du ihr geschenkt hast?«

»Hab ich gesehen.«

»Sie zerreißt sie, um daraus Papierflieger zu falten.«

»Komm schon, das kann dir doch egal sein.«

»Es waren meine Comics.«

»Die lagen doch vergessen in einer Kiste. Du liest doch so etwas nicht mehr, bist ja schon groß.«

»Und wie kommt sie dazu, Flieger zu werfen?«

»Sie sagt, die seien für die Kinder, die auf der Straße spielen. Was willst du, die Arme hat ihren Spaß.«

»Am Donnerstag hat sie Kekse runtergeworfen. Die hat der Hund von Herrn Amadeo gefressen.«

»Nun geh schon, nimm den Schal und sieh nach, was sie möchte«, befahl die Mutter. »Und achte darauf, ob sie raucht. Das letzte Mal hat sie die Kippe in einem Wollknäuel ausgedrückt. Warte noch einen Moment«, sagte sie, als er schon gehen wollte. »Bring ihr ein paar Nüsse mit, die mag sie gerne.«

»Sie wird sie vom Balkon werfen. Bestimmt.«

Seine Mutter sah ihn streng an.

»Du bist nett zu ihr, ist das klar?«

Fast alles, was er über die extravagante Mieterin im zweiten Stock wusste, hatte er von seiner Mutter oder durch Klatsch in der Nachbarschaft erfahren. Im Viertel war sie als Frau Pauli bekannt, und viele dachten, das sei eine Verkleinerung von Paulina, in Wahrheit hieß sie aber Hanna Pawlikowska. Sie war in Warschau geboren, siebzig Jahre alt und hatte davon fast fünfzig in Barcelona verbracht. Ruth sagte, das sei ein Leben wie aus dem Film, einem traurigen Film. Auf der Flucht vor dem Krieg war sie sehr jung hergekommen und hatte als Tänzerin bei den Musikrevuen auf dem Paralelo gearbeitet. Sie erzählte, damals in ihrem Land seien nach dem Überfall der Deutschen auf Polen ihre Eltern und fast die gesamte Familie in Vernichtungslager verschleppt worden, sie habe sie nie wiedergesehen, und sie müsse oft an einen Freund denken, der sei groß, blond und sehr sportlich gewesen, und ob er auf den Gleisen des Danziger Bahnhofs oder an der Front gestorben sei oder ebenfalls nach Treblinka deportiert wurde, habe sie nie mit Sicherheit erfahren.

Weihnachten 1941 war Hanna durch die Abwasserkanäle aus Warschau geflüchtet, geholfen hatte ihr ein deutscher Offizier, der in sie verliebt war und von dem sie sich an der Schweizer Grenze trennte; nach vielen Zwischenfällen gelangte sie nach Zürich zu ihrer älteren Schwester Irena, deren Mann als Pianist bei einer Wiener Compagnie für Musikrevuen und Operetten arbeitete und gerade auf Europatour war. Hanna war damals einundzwanzig, sehr hübsch, hatte Tanzunterricht gehabt und schöne Beine, und so kam es, dass sie im Jahr darauf, als die Compagnie mit ihren Revuen nach Spanien kam, bereits Mitglied der Tanztruppe war. Die Compagnie hieß »Los Vieneses«, und ihre Auftritte waren in Barcelona so erfolgreich, dass sie zu bleiben beschlossen. Über viele Jahre inszenierten sie ihre Revuen im Teatro Victoria auf dem Paralelo, bis die Truppe sich auflöste. Irena und der Schwager waren vor geraumer Zeit gestorben, und in der Welt der Shows erinnerte sich wohl niemand mehr an die Tänzerin Hanna Pawli, wie sie auf den Plakaten angekündigt wurde. Sie war ledig, lebte allein, hatte einen blauen Papagei, den sie Jacinto nannte, und als einzige Verwandte war eine Nichte übriggeblieben, die im Viertel Sarriá wohnte und sie zwei- oder dreimal im Monat besuchte. Die alte Frau war auf ihre magere Rente angewiesen und verdiente sich etwas zusätzliches Geld damit, Wollblumen aus alten Pullovern und Schals zu stricken, wie ihre Nachbarin Ruth es ihr beigebracht hatte. Sie konnte sich noch selbst versorgen, doch das Treppensteigen erschöpfte sie sehr, und so erbot sich Bruno dann und wann, nach einem Machtwort seiner Mutter, ins Lebensmittelgeschäft oder zur Apotheke zu gehen oder den Käfig des Papageien für ein kleines Entgelt zu putzen.

Er stieg die Stufen wie immer lustlos und seinen Missmut wiederkäuend hinauf. Auf die steile Treppe fiel durch das Oberlicht ein Sonnenstrahl, doch war sie immer noch ziemlich dunkel. Die Nüsse stießen in dem kleinen Netz hohl klappernd aneinander, zaghaft, wie gluckende Hennen. Er setzte sich auf die letzte Stufe, holte eine Nuss aus dem Netz, knackte sie, indem er den Schuh daraufsetzte, passte aber auf, sie nicht plattzutreten. Mit der runzeligen Frucht im Mund musste er wieder an deren hässliche Form denken, wie ein getrocknetes menschliches Hirn, und brachte sie irgendwie mit all dem Seltsamen in Verbindung, das Frau Pauli zu tun und zu sagen pflegte. Als er die Nuss fertiggekaut hatte, drückte er auf die

Klingel. Bald hörte er das leichtfüßige Klappern von Absätzen auf der anderen Seite.

»Wer ist da?«, fragte eine zärtliche Stimme hinter der Tür.

»Bruno, der Junge aus dem Zwischenstock.«

»Zwischenstock? Huch, dazwischen solltest du nicht bleiben, mein Junge. Entweder man ist über oder unter der Erde. So ist das Leben.«

»Tja.«

Die Tür blieb geschlossen. Die zärtliche Stimme insistierte: »Was machst du nun im Zwischenstock? Steigst du rauf oder runter?«

Bruno wappnete sich mit Geduld. Es war nicht das erste Mal, dass er die irre Alte vom Zwischenstock sprechen hörte, als handele es sich um ein Rätsel. Es war ihm nie ganz klar geworden, ob sie einen Scherz machte oder es ernst meinte.

»Ich bin raufgekommen, weil meine Mutter mir das gesagt hat. Nur deshalb.«

Die Tür öffnete sich, der Duft von Talkumpuder schlug ihm entgegen, und ein kleines, zerknittertes Gesicht erschien, das von Ohr zu Ohr lächelte.

»Komm rein, mein Schatz. Ich muss dich um einen Gefallen bitten.«

Vielleicht wegen des Halbdunkels der Wohnung – allerdings widerfuhr ihm dies mitunter auch am helllichten Tage – glaubte Bruno, mehr Gesichtszüge bei der alten Frau zu sehen, als es tatsächlich gab, als bewege sich das Antlitz unter Wasser, bemüht, ein dauerhaftes Bild herzustellen. Blitzende Augen, ein sehr gerader Rücken, das ganze Persönchen steif und aufrecht, ein großer, vom Lippenstift glänzender Mund: Sie wirkte gewöhnlich wie ein eitler, herausgeputzter Kakadu. Das hochgesteckte schwarze Haar, an den Schläfen straff gekämmt, hob die kleinen Ohren hervor. Die mit Schminke umrandeten dunklen Puppenaugen unter der sanften Schwere ihrer schwarzblau bemalten orientalischen Lider blinzelten matt, aber vergnügt. Sie trug einen malvenfarbenen Morgenmantel aus Satin mit roter Borte und stützte sich auf einen Gehstock mit Elfenbeinknauf. Sie zeigte keine der Ermüdungserscheinungen des Alters, im Gegenteil, sie bewegte sich schnell und sicher und mit einer nicht völlig kontrollierten, abrupten Energie, es wirkte wie eine Nachahmung des angehaltenen Schritts des Storches und ließ den Stock eher als Schmuck oder als Accessoire ihrer Koketterie denn als Gehhilfe erscheinen.

»Komm mit«, sagte sie und wandte ihm den Rücken zu.

Er folgte ihr durch den dunklen Flur, eine kurze Strecke zwischen Wänden mit einer abgenützten Tapete und einer doppelten Reihe eingerahmter Fotos, die er stets mit einem leicht zerstreuten Blick bedachte. Auf fast allen war dieselbe Truppe von Tänzerinnen zu sehen, entweder auf der Bühne, Beine in der Luft und vielen Federn und Pailletten, oder sie posierten in Straßenkleidung am Eingang des Teatro Victoria, saßen in einem Restaurant, fütterten die Tauben auf der Plaza Cataluña oder drängelten gemeinsam auf eine Hafenbarkasse. Bruno hatte sich einmal vor die Reihe der Tänzerinnen gestellt, die alle gleichzeitig im Rampenlicht das Bein hoben, und sich gefragt, welches dieser fröhlichen Mädchen von vor fünfzig Jahren wohl Frau Pauli gewesen sein mochte. Da gab es auch Komiker und Musiker in weißen Smokings, auf Studiofotos lächelnd, alle mit Widmung und Unterschrift. Und wieder einmal blieb sein Blick am kampferfahrenen Profil eines jungen Boxers hängen, der mit unbehaartem Torso, die nackten Fäuste in Abwehrhaltung, auf einem alten Foto mit verblichenen Farben posierte; die Widmung unleserlich und ein Datum, Warschau 1939: das einzige Bild in einem Goldrahmen. Rechts oben war ein Käfig mit einem Wellensittich oder einem Kanarienvogel in grellem Gelb zu sehen und ein Schildchen mit dessen Namen: Janek. Immer wenn er beim Vorbeigehen auf dieses Foto schaute, fragte sich Bruno, was für eine seltsame Bindung es wohl zwischen einem Boxer und einem Wellensittich geben könne.

Als er in das Esszimmer kam, dessen Balkon sich in einer blendenden Lichtexplosion zur Straße öffnete, balancierte der Papagei auf einer Stuhllehne und stieß ein Knurren aus.

»Ruhig, Jacinto«, sagte Frau Pauli, mit dem Stock fuchtelnd. »Das ist unser Freund, der Junge aus dem Zwischenstock.«

»Mannomann! Mannomann!«, krächzte Jacinto.

Frau Pauli streckte den arthritischen Finger aus, der Papagei krallte sich daran fest und wurde zu seinem Käfig gebracht, der an einem Kleiderständer hing.

Eine bleiche, sommerliche Langeweile wie aus einer anderen Zeit schwebte im Raum, dazu leuchtender Staub, in den sich Bruno stets mit einem Gleichmut begab, der nicht ganz frei von Argwohn war. Ein runder Tisch, um den drei Stühle mit Flechtwerk standen, ein Sofa mit vielen Kissen und Fransen, in einer Ecke das Tischchen mit dem alten Plattenspieler, der Kleiderständer mit dem Papageien, noch mehr gerahmte Fotos von der Showtruppe, das Regal mit einigen Büchern und die altmodische Anrichte, deren großer Spiegel eine Unmenge von Tässchen und Tellern zeigte.

»Von meiner Mutter.« Bruno übergab ihr den Schal. »Sie sagt, das ist prima Wolle.«

»Oh, danke, mein Schatz.«

Frau Pauli legte den Schal aufs Sofa, neben ein

Wollknäuel und zwei Stricknadeln, und betrachtete sich im Spiegel der Anrichte. Sie überprüfte den Sitz ihres Dutts, tippte auf eine Wimper und schürzte den Morgenmantel enger. Bruno hielt noch das Netz mit den Nüssen in der Hand, das Frau Pauli ihm jäh mit einem spitzbübischen Blick entriss und sogleich damit zum Balkon eilte. Als sie beim lädierten, von Blumentöpfen umgebenen Rohrsessel angekommen war, wandte sie sich lächelnd zur Straße und schob ihre knochige, mit Flecken gesprenkelte kleine Hand vor, wie es eine Blinde oder eine Mondsüchtige täte, oder als taste sie sich durch irgendeinen magischen Raum, bis sie an das rostige Geländer stieß.

»Komm nicht näher, Junge, es ist besser, du siehst nicht, was da unten ist.«

Bruno dachte an die aufgeprallten Papierflieger.

»Meine Mutter sagte, Sie wollten mich sehen.«

Die alte Frau legte den Stock auf die Geranien und blieb mit Blick auf die Straße stehen. Eine strafende Sonne fiel senkrecht auf den Balkon, die roten und gelben Nelken, die sich um die Geländersäulen rankten, schienen zu knistern und der Korbsessel auch. Bruno betrachtete Frau Pauli und sagte sich, klar, dass sie nicht mehr richtig in der Birne ist, wenn sie so viele Stunden in diesem Sessel in der prallen Sonne sitzt, ihre Wollblumen strickt und mit den Gedanken ganz woanders ist;

nun zerriss sie mit ihren rotlackierten Nägeln gerade das Netz. Er sah ihre Hand durch die Luft fahren, als wische sie Spinnweben weg, die sie daran hinderten, ein Zeichen zu empfangen oder im Lärm der Stadt eine ferne Stimme zu hören, und gleich darauf holte diese zittrige Hand Nüsse aus dem Netz und warf sie eine nach der anderen auf die Straße.

Das ist ja zum Schießen, dachte Bruno. Wenigstens wird sich irgendwer den Bauch mit Nüssen vollschlagen. Als hätte sie ihn gehört, murmelte Frau Pauli:

»Er wird sie mit seiner Bande teilen. Es sind nette Jungs.«

Da war etwas Dissonantes in ihrer Stimme, auch ein atonaler Hall, als spräche sie in einem geschlossenen Raum. Dann löste sich Frau Paulis Hand mit einem Ruck vom Geländer, sie griff wieder nach ihrem Stock und ging zurück ins Esszimmer. Auf dem Tischchen standen in einem schlanken Glaskelch zwei Seidengardenien, die Drahtstängel waren ineinander verschlungen. Frau Pauli blieb stehen und betrachtete sie, sagte:

»Die sind für mich. Ich habe sie aus einem alten Seidenschlüpfer gemacht. Mir schwebt ein Brautstrauß aus Gardenien und Shantung-Orchideen vor. Der Brautstrauß, den ich nicht hatte, mein Kleiner.«

Bruno räusperte sich, ungeduldig.

»Sie wollten mich sprechen, Frau Pauli?«

»Jetzt sind ja Ferien«, sagte sie und wandte sich ihm zu, als sei ihr das gerade eingefallen. »Nicht wahr, mein Schatz?«

»Für mich noch nicht«, murrte Bruno. »Ich muss noch bis nächste Woche warten.«

»Nächste Woche? Wunderbar!«

»Und ich bekomme nur zwei Wochen frei.«

»Wunderbar, bestens!« Das Lächeln auf ihren leuchtend rubinroten Lippen blieb breit, gespannt, jugendlich. »Ich hab eine kleine Arbeit für dich. Gut bezahlt. Was hältst du davon, hmm?«

Ich weiß schon, den Papageienkäfig putzen, dachte er. Als er aber den Auftrag hörte, wusste er nicht, was er sagen sollte. Frau Pauli schlug ihm vor, die Papierflieger auf der Straße, die noch heil waren, aufzusammeln. Sie bot ihm fünfzig Céntimos für jeden guterhaltenen Flieger.

»Wir lassen sie wieder fliegen. Träume können sehr oft fliegen«, meinte sie. »Sooft es eben nötig ist. Das ist es doch wert, glaubst du nicht?«

»Klar.«

»Beim zweiten Mal fliegen sie besser.«

»Hm.«

Plötzlich musste er an den Fluch denken, mit dem er einmal seinen Vater, den Schnorrer und Schwätzer, bedacht hatte: Ich scheiße auf fliegende Träume, Herr Raciocinio, ich scheiße auf alles, was man nicht sieht und was nicht existiert, eben weil man es nicht sieht ...

»Es ist nämlich so, dass die Jungs sie manchmal nicht haben fliegen sehen«, klagte Frau Pauli. »Oder es hat an dem Tag geregnet, oder sie sind Frau Casildas Besen zum Opfer gefallen, oder der Müllwagen ist vorbeigefahren und hat sie mitgenommen. Aber die meisten kann man noch retten. Auf alle Fälle muss ich noch mehr machen, und dafür brauche ich viele Zeitungen ... Könntest du mir Zeitungen beschaffen, junger Mann? Ich kann das nicht, die Treppen werden mir langsam zur Qual mit meinen Beinen, und Érika kann ich in der Hinsicht vergessen. Ein freches Weibsstück, meine Nichte, du kennst sie doch, oder?, die Tochter meiner Schwester Irena, sie hat ein loses Mundwerk und bildet sich ein, mit Männern umgehen zu können ... Die Männer ihres Lebens, sagt sie, ha! Denk nur, sie hat sich gerade von ihrem zweiten Mann getrennt, und jetzt lebt sie mit einem zusammen, der angeblich bei einer Zeitung arbeitet, aber glaubst du, Érika bringt auch nur eine einzige Zeitungsseite mit, wenn sie kommt?«

Bruno erinnerte sich gerne an die Besuche von Érika Korpinski. Wenn sie bei ihrer Tante war, erzählte sie Witze, gab Papagei Jacinto Erdnüsse und brachte ihm Schimpfwörter bei. Irenas Tochter, eine Frau in den Vierzigern, auffallend und überschwänglich, in Barcelona geboren und eher eine Katalanin als eine Polin, wie Frau Pauli zu sagen pflegte, wobei nicht klar war, ob sie das als Lob oder Tadel meinte, war für Bruno genau der Typ einer unabhängigen, ungezwungenen und spontanen Frau, die er gern als beste Freundin für seine Mutter gehabt hätte.

»Hörst du mir zu, mein Lieber?«, fragte Frau Pauli, die sah, dass er nicht bei der Sache war. »Ich sagte, dieses freche Stück bringt mir keine einzige Zeitung ... Also, du weißt schon, sammle Zeitungen für mich. Wir brauchen ganz viele, denn man muss das Gute auswählen und all das beiseite lassen, wo immer nur von Unglück, Kriegen und Elend die Rede ist. Hast du mich verstanden, junger Mann?«

Alle Zeitungen, die er bekäme, alt oder neu, präzisierte sie, das sei egal, alle kämen infrage.

»Und für jede Zeitung kriegst du noch mal glatte fünfzig Céntimos«, fügte sie hinzu. »Das ist ein Schnäppchen, was? Denn schau doch, mein Schatz, besser könnten wir die Ferien doch gar nicht nutzen. Stell dir mal vor, wie viele Pesetas du damit verdienen kannst.«

Er sah nirgends ein Schnäppchen, sagte aber, gut, er werde es sich überlegen. Er verabschiedete sich, und auf dem Weg die Treppe hinab fragte er sich, wo zum Teufel er die Zeitungen herbekommen sollte. Der Spleen der Alten wäre nur rentabel, wenn er viele heranschaffte, aber er konnte nur mit der Zeitung rechnen, die seine Mutter aus dem Geschäft mitbrachte, der einen oder anderen, die er in der Konditorei Rosich oder in der Bar Trébol mitgehen ließ, und dann, klar, waren da noch die weggeworfenen Zeitungen in den Abfallkörben an der Straße, wenn es ihm nicht zu peinlich war, wie ein Bettler im Müll zu wühlen ...

Kapitel 3

Bruno hatte wenige Freunde in seinem Alter, und auch die traf er nur selten. Als er am ersten Ferientag morgens aus dem Haus kam, blendete ihn ein von einer Fensterscheibe zurückgeworfener Sonnenstrahl für einen Augenblick derart stark, dass er über die Beine eines Jungen stolperte, der auf dem Gehsteig saß, den Rücken an die Mauer gelehnt. Bruno kannte ihn nicht, hatte ihn nie im Viertel gesehen. Neben ihm lagen ein schäbiger Ranzen und einige Blätter der Zeitung *Vanguardia*, auf denen er seine Flohmarktware ausgebreitet hatte: eine Taschenlampe, eine Sonnenbrille, einen Korkenzieher aus Metall, eine Mundharmonika, eine Lupe und ein Plastikfeuerzeug mit dem Gesicht von Betty Boop. Etwa fünfzehn Jahre alt, mager, kahlrasierter Kopf, mit Mordsnase und Segelohren, hatte er etwas Fledermausartiges an sich, und besonders gesund sah er auch nicht aus. Mitten auf der Straße holperte ein anderer Junge im Alter von etwa zehn – kurze Hose und Hosenträger über dem nackten Oberkörper – auf Rollschuhen herum und versuchte, das Gleichgewicht zu halten. Dem einen Rollschuh fehlte ein Rad. Auch sein Kopf war kahlgeschoren und wies grünliche Krusten auf, wie von einer Infektion.

»Vorsicht, Oskar!«, schrillte der Fledermausjunge. »Das ist mein Bruder. Was ist, kaufst du mir was ab?«

Bruno hielt es nicht für nötig oder ratsam, sich für den Zusammenstoß zu entschuldigen, und richtete seine Aufmerksamkeit auf das magere Angebot.

»Bist du hier aus der Gegend?«, fragte er. »Hab dich noch nie gesehen.«

»Ich wohne in der Nähe. Komm schon, such dir was aus, ich habe alles Mögliche.«

»In welche Schule gehst du?«

»Schule? Ich sammle Schrott, Kleiner. Also kaufst du was oder nicht?«

»Ich weiß nicht. Das ist doch alles nix wert. Lass sehen.«

Er hockte sich hin und untersuchte die Taschenlampe, dann die Mundharmonika. Es funktionierte weder die eine noch die andere. Die Lupe sah nicht schlecht aus. Der rasierte Schädel des Verkäufers hatte die Form eines Zeppelins und roch nach Desinfektionsmittel. Bruno wurde nachdenklich.

»Ich interessiere mich für die Zeitung«, sagte er plötzlich.

»Die Zeitung? Was willst du denn mit der? Na gut, ich schenk sie dir, aber kauf mir was ab.«

»Wo hast du die her? Hast du noch mehr?«

Bruno machte ihm einen Vorschlag. Er würde die Lupe kaufen, aber erst später zahlen, unter der Bedingung, dass der andere ihm Zeitungen beschaffte. Er setzte sich kumpelhaft neben ihn und sagte, er brauche die für eine Freundin seiner Mutter, eine alte, etwas durchgedrehte Polin, die den ganzen Tag lang mit einem blauen Papageien redete und Flieger aus Zeitungspapier vom Balkon warf. Und für jeden Flieger, den er aufsammele, zahle sie etwas, nicht viel, lächerlich wenig.

»Jetzt habe ich Ferien, da kann ich mehr aufsammeln, wenn du mir Zeitungen bringst«, sagte er.

»Wie kommst du denn darauf. Ich arbeite mit Wertgegenständen, Kollege.«

Bruno fragte nach seinem Namen und ob er zum ersten Mal seine Ware hier anbiete.

»Ihr Burschen von dieser Straße lebt auf dem Mond«, murrte der frühreife Straßenhändler. »Weißt du wirklich nicht, wer ich bin, Kleiner? Noch nie von den Brüdern Rabinad gehört? Oder vom Kahlen Kürbis, meiner Wenigkeit? Na, hier hast du uns leibhaftig vor dir.«

Er verkaufe seine Lieblingssachen, weil er Geld brauche, um einen Motorradhelm zu kaufen, erklärte er, und dass er Jan heiße, aber alle ihn Kahler Kürbis nannten. Er fügte hinzu, demnächst fange er bei einem Automechaniker in der Werkstatt an und wolle, wenn er groß sei, Motorradrennen fahren. Sein Vater betreibe ein Schrottlager in der Calle Tres Señoras, und sein Bruder, der Rollschuhfahrer, habe üble Schrunden, auch am Kopf, der Arzt habe ihm Sonnenbäder verordnet, deshalb kämen sie in diese ruhige Straße, wo keine Autos führen und Oskar gefahrlos Rollschuh laufen konnte.

Feines Märchen, dachte Bruno, diese Typen kommen, weil sie die Nüsse und Kekse vom Balkon haben fallen sehen. Er betrachtete ihre schlechtrasierten Köpfe, aschfarben, die eine oder andere Pustel, befallen von einem seltsamen Elend, wie aus vergangener Zeit und ohne mögliche Heilung, von ihnen jedoch gelassen hingenommen – da landete plötzlich ein Papierflieger neben ihnen.

»Habe ich's nicht gesagt?« Bruno hob ihn auf. »Schau, wie er gemacht ist, aus einer Zeitungsseite. Frau Pauli macht Tausende von Flugzeugen, eine Manie, und jedes Mal streicht sie Wörter mit Bleistift an. Schau mal, was hier steht, auf den Flügeln.«

Kahler Kürbis nahm ihm den Flieger aus der Hand und las *Der Zirkus kommt: La Ciudad de los*

Muchachos. Sogleich fiel ein weiterer Flieger herab, wieder mit einer kleinen Meldung an der Seite: *Die Spieler von Barça verschenken Spielzeug an kranke Kinder.*

»Siehst du?«

»Was?«

»Na ja, dass die Tante nicht ganz dicht ist. Manchmal wirft sie die nachts runter, aber frühmorgens kommt der Straßenkehrer, und bevor ich sie aufsammeln kann, sind sie alle weg. Wenn du früh kommst, siehst du viele hier auf die Straße fallen ... Hör mal, da kommt mir ein Gedanke, willst du dir ein paar Pesetas verdienen?«

»Klar.«

»Ich gebe dir fünf Céntimos für jeden Flieger, den du mir bringst.«

Die beutegierigen Augen vom Kahlen Kürbis, die von Schatten und bröseligem Schlaf umrahmt waren, blitzten wie Stiletts.

»Und wozu brauchst du diese Papierfetzen?«

»Die sind für die Alte. Wenn sie beim Fallen nicht kaputtgegangen sind, wirft sie die noch mal.«

Der Kahle Kürbis plinkerte misstrauisch.

»Und du Ferkel gibst mir nur fünf Céntimos pro Flieger? Wie viel zahlt denn die Irre?«

Bruno fiel der schlechte Zustand seiner Zähne auf. »Na gut, sagen wir zehn.«

»Zwanzig.«

»Fünfzig für jeweils drei Flieger.«

»Abgemacht.«

Er wusste nicht, wo oder wie er an Zeitungen herankommen sollte. Am nächsten Tag ging er morgens zum Markt auf der Travessera, um Obst und Salat einzukaufen, wie Ruth ihm aufgetragen hatte. Er sah keinen einzigen Flieger auf der Straße und auch nicht die Brüder Rabinad. Auf dem Hin- wie auf dem Rückweg nahm er sich Zeit, in alle Abfallkörbe zu schauen, und es war schon nach zwölf, als er heimkam und die zwei Brüder ihn auf dem sonnigen Gehsteig mit ihrer Ernte an Flugzeugen erwarteten. Kahler Kürbis hatte sie in seinem Ranzen. Vier wurden, da beschädigt, von Bruno zurückgewiesen. Auf den Flügeln waren Schlagzeilen mit rotem Stift unterstrichen, immer gute Nachrichten. Jan, der Kahle Kürbis, zählte sie und steckte sie wieder in den Ranzen.

»Siebenundzwanzig.«

»Dann schulde ich dir vier Pesetas«, sagte Bruno.

»Vier fünfzig, Kleiner. Pipifax. Aber ich will sie bar auf die Hand.«

Er hatte ein Spiegelchen aus der Tasche gezogen und lenkte den Reflex in Brunos Augen, der sein Gesicht verdeckte, als er log: »Klar, sobald Frau Pauli mich bezahlt hat. Ich geh später zu ihr rauf.

Jetzt muss ich heim und Kartoffeln schälen ... ja, lach nicht, und den Tisch muss ich decken, bevor meine Mutter kommt, und das bei dieser Hitze, uff ...! Wir sehen uns morgen, einverstanden?«

Der Kahle Kürbis steckte den Spiegel ein und musterte Bruno argwöhnisch.

»Nichts da, Bürschchen. Wir sehen uns heute Nachmittag.« Er übergab ihm den Ranzen. »Nimm schon, bring der Alten ihre Flieger. Den Ranzen bekomm ich dann mit dem Geld zurück. Alles klar?«

Bruno nahm den Ranzen und rettete sich ins Haus, grübelte über eine wirksamere Hinhaltetaktik für den Zeitpunkt, wenn er mit dem Kahlen Kürbis abrechnen musste. Tatsächlich hatte er noch Verpflichtungen. Am Vortag hatte seine Mutter Schinkenkroketten gemacht und ein Dutzend auf einem Teller zurückgelegt, den sollte er vor der Essenszeit zu Frau Pauli hochbringen. Es war halb zwei Uhr nachmittags, als die Brüder Rabinad ihren Posten auf dem Gehsteig verließen und verschwanden. Ruth würde bald von der Arbeit zurück sein, Bruno hatte bereits den Tisch gedeckt, nun nahm er den Teller mit den Kroketten, den Ranzen und stieg hoch in den zweiten Stock.

»Ach, wie gut!«, rief Frau Pauli beim Anblick der Gabe. »Ruth ist die Königin der Kroketten! Danke ihr in meinem Namen.«

»Ich bringe Ihnen Flieger, Frau Pauli.«

Er folgte ihr durch den Flur, den Ranzen über der Schulter. Im Esszimmer ging die alte Frau um den Tisch herum, beschleunigte dabei den Schritt, in der einen Hand den Teller, in der anderen den Gehstock. Jacinto, der Papagei, forderte vom Käfig aus Aufmerksamkeit, aber sie blickte nicht hin: Hastig und entschlossen strebte sie zum sonnenüberfluteten Balkon, den Kopf gereckt und den Blick fest, wie gebannt, was auch immer sie antreiben mochte. Sie ließ den Stock zwischen den Blumen liegen, tastete ins Leere jenseits des eisernen Geländers, das brennend heiß war, blickte in plötzlicher Unruhe hinunter, und Bruno hatte einen Augenblick lang den Eindruck, dass ihre Hand in der Luft sich vom Wirklichen löste und in eine Vision eindrang. Gleichgültig gegenüber der unerbittlich stechenden Sonne hielt sie den Teller über den Abgrund, als sei er eine Opfergabe. Sie aß eine Krokette, nahm gleich darauf eine zweite und warf sie, den Rücken zur Straße gekehrt, über die Schulter hinunter. Bruno schien nicht überrascht. Er sah sie eine weitere Krokette nehmen und auf dieselbe Weise hinunterwerfen, während sie ihn mit einem komplizenhaften Lächeln ansah.

»Schmecken sie Ihnen nicht, Frau Pauli?«

»Gerade deshalb, mein Schatz.« Sie streckte ihm den Arm mit dem Teller entgegen und fügte mit spitzer Lästerzunge hinzu: »Versteck sie doch bitte, heute kommt nämlich meine Nichte. Die ist ziemlich verfressen!«

Sie setzte sich in den Korbsessel und nahm sich das in einem Blumentopf abgestellte Glas mit kaltem Tee. Bruno stellte den Teller mit den Kroketten auf die Anrichte und ging zurück zu Frau Pauli. Er wollte gerade die Flieger aus dem Ranzen holen, als Érika die Wohnungstür mit ihrem Schlüssel öffnete. Bevor sie fröhlich den Balkon stürmte, war ihre Stimme zu hören: »Na, schön brav gewesen, Tante?«

Brünett, eine ziemlich lange Nase, das Haar wie ein Junge geschnitten, knallenge Jeans und ein mit Albert Einstein und seiner spöttisch ausgestreckten Zunge bedrucktes T-Shirt, verströmte Érika Korpinski frischen Lavendelduft und eine andauernd festliche, sommerliche Laune. Sie küsste ihre Tante und rief, du lieber Himmel, was für eine Hitze!, als fände sie das ganz toll. In einem großen Beutel brachte sie Joghurts, Jasminsamen, Zigaretten, grünen Tee und Madeleines. Ihre Tante sagte, sie hätte lieber eine ordentliche Hartwurst statt der Madeleines gehabt, weil die Wurst gegen Schläge besser gefeit ist.

»Was soll das, Schläge, totes Kind! Ach, Tantchen, sind wir schon wieder bei den alten Geschichten?«

»Der Kartoffelpreis ist ins Unermessliche gestiegen, Érika.«

»Er wird schon wieder sinken. Klar, du verbringst den ganzen Tag in dem verdammten Sessel, und das bei dieser Sonne ... Es bekommt dir nicht, weißt du?« Sie lächelte Bruno vielsagend an. »Nicht wahr, Bruno, das bekommt ihr doch nicht?«

»Sie schaut eben gern auf die Straße«, sagte er etwas verwirrt.

Frau Pauli tadelte ihre Nichte, weil sie wieder vergessen hatte, die geliehenen Fotos zurückzubringen. Sie seien die einzige Erinnerung, die ihr an ihr Haus in der Ulica Nowolipie in Warschau geblieben war, sie solle die unbedingt das nächste Mal mitbringen, denn sie wolle sie rahmen lassen.

»Noch mehr Fotos?«, erwiderte Érika. »Die passen doch gar nicht mehr auf die Wand.«

»Ich werde sie auf den Nachttisch stellen. Vor allem das Foto mit den sechsen.«

Ihre Nichte zwinkerte Bruno zu und sagte: »Meinst du den berühmten sechsarmigen Leuchter, Tante?«

»Sieben, du Dummkopf!«, sagte die alte Frau. »Wenn das deine arme Mutter gehört hätte ... Du hast vor nichts mehr Respekt. Ich spreche von den drei Fotos, die du ohne meine Erlaubnis mitgenommen hast, das von deinen Großeltern vor unserem Haus und das von deiner Mutter und mir als kleine Mädchen in der Tanzschule. Und das Foto von den sechs Jungen auf der Straße. Das vor allem, ich möchte es rahmen.«

»Ach ja, über das Foto wollte ich schon mit dir reden.« Érika lehnte den Rücken ans Geländer und fächelte sich mit der Hand Luft zu. »Warum bewahrst du es auf? Da ist keiner von der Familie drauf. Woher hast du es?«

»Das geht dich nichts an.«

»Aber klar geht mich das was an. Wenn du mir das nicht sagst, gebe ich es nicht zurück.«

»Ich habe es aus einem Buch ausgeschnitten, oder aus einer Zeitschrift, ich weiß nicht mehr ... Egal, das Foto gehört mir. Ich werde es rahmen und auf den Nachttisch stellen, also tu mir den Gefallen und gib es zurück, und kein Wort mehr darüber.«

Érika gab sich seufzend geschlagen.

»Schon gut, aber du solltest dir wirklich anders die Zeit vertreiben. Du könntest zum Beispiel Fotos von Fußballspielern sammeln«, meinte sie mit kaum verhohlenem Spott. »In deinen guten Zeiten, als beliebteste Tänzerin des Paralelo, hattest du doch zu einigen näheren Kontakt, stimmt's, Tante?«

»Ja, meine Liebe. Und zwar war ich ihnen viel näher, als du annimmst.«

»Ich schenke dir einen Fernseher, dann bist du weniger auf dem Balkon. Und ab und zu solltest du ein wenig spazieren gehen, Bruno könnte dich begleiten ... Das machst du doch, Junge?«

»Klar.«

»Na bitte, Tantchen! Du wirst ganz schön verwöhnt.«

Érika beschwor sie, ja nicht ihre Medikamente zu vergessen, dann ging sie in die Küche, überprüfte den Inhalt des Kühlschranks, öffnete eine Dose Coca-Cola, warf einen Blick ins Schlafzimmer und ins Badezimmer und schaute sogar in den Käfig des Papageien. Sie sah die Kroketten auf der Anrichte und aß eine, lächelte dabei über ihre klagende Tante, die sagte, Érikas unstillbare Gefräßigkeit erinnere sie an einen Verehrer, den sie mit vierundzwanzig hatte, als sie bei der Revue »So ist Wien« auftrat, ein wichtiger Theater-Impresario; er aß nur Hühnerkroketten, und dann ist ihm ein roter Hahnenkamm gewachsen, wo, sag ich lieber nicht ...«

»Ach, Tantchen, gib nicht mit den wundervollen Männern deines Lebens an, es waren doch alles Vollidioten und veritable Nichtsnutze, das weißt du genau.«

Dann endlich tat Érika das, worauf Bruno wartete, seit sie auf den Balkon gekommen war. Freundschaftlich legte sie ihm den Arm um die Schultern und führte ihn ins Esszimmer, um einen Augenblick alleine mit ihm zu sprechen. Wie öfter schon gab sie ihm zwei Pesetas und fragte, wie ihre Tante sich benehme, ob ein Nachbar sich über zu laute Musik beklagt habe, ob sie Selbstgespräche führe, ob sie in ihrem Sessel in der Sonne einschlafe. Sie wollte auch wissen, ob er oder Ruth gesehen hätten, dass sie Sachen vom Balkon warf.

»Was zum Essen?«

»Irgendwas.«

»Na ja … ein paar Kekse. Letzte Woche einen Joghurt, sie sagte, er war verfallen.«

»Das hat sie gesagt?«

Érika schien bekümmert, wollte noch etwas sagen, tat es aber nicht. Bruno beschloss seinerseits, weder die Papierflieger noch die auf die Straße geworfenen Kroketten zu erwähnen. Er senkte den Blick, stellte sich auf Abwehr ein: Er wollte keine Verbindung zu der Fantasiewelt der Erwachsenen, wollte keine Geschichten mehr darüber hören, wie gut alles hätte sein können und dann nicht war, auch kein Gejammer mehr, das ihn an die Schwindeleien des Herrn Raciocinio hätte erinnern können. Um keinen Anlass zu weiteren Fragen zu bieten, erwähnte er auch nicht, dass der Joghurt fast Herrn Amadeo, der gerade aus dem Haus kam, am Kopf getroffen hätte, noch dass der Taxifahrer, als er den zerplatzten Joghurt vor seinen Füßen sah, zum Balkon hochblickte und schrie: »Heee, Señora, die Verfallenen gehören in den Müll!«

Als Érika gegangen war, leerte Bruno den Ranzen, und Frau Pauli zählte die Flieger und überprüfte sie, zog diejenigen, die gelitten hatten, zurecht, glättete sie und strich wieder einige Schlagzeilen mit Rotstift an. Die alte Frau zahlte das Vereinbarte und bat ihn um weitere Zeitungen.

Nach jedem Besuch pflegte Érika kurz bei Ruth vorbeizusehen und ihr dafür zu danken, dass sie sich um die Tante kümmerte. Als Bruno zehn Minuten später hinunterkam, unterhielten sich die beiden in der Küche, Érika, mit einem Bier in der Hand, ärgerte sich darüber, dass ihre Tante Joghurts vom Balkon warf, egal ob abgelaufen oder nicht. Ruth erzählte, was Bruno nicht erzählt hatte, von dem Zwischenfall mit dem Taxifahrer.

»Aber nichts passiert«, fügte sie hinzu, um Érika zu beruhigen. »Ihre Tante liebt Späße, und Herr Amadeo nicht weniger, sie nehmen einander oft auf den Arm. Die Nachbarn schätzen Frau Pauli, das können Sie mir glauben.«

»Wie auch immer«, sagte Érika, »wenn wieder so etwas passiert, lassen Sie es mich bitte wissen. Ich mache mir Sorgen um sie. Ich weiß, meine Tante hat in ihrer Jugend Schlimmes durchgemacht, das hat mir meine Mutter vor Jahren erzählt, und ich fürchte, das treibt sie in letzter Zeit um. Ihr Kopf bringt nicht mehr alles auf die Reihe, sie hat schon ziemlich viele Macken, und bald wird sie eine Ganztagsbetreuung brauchen. Früher oder später muss ich sie zu mir nehmen, auch gegen ihren Willen. Nun ja ... Schauen Sie, Ruth, ich habe einen Zweitschlüssel zur Wohnung anfertigen lassen, und es wäre mir lieb, wenn Sie den hätten, für alle Fälle. Macht Ihnen das was aus?«

»Natürlich nicht.«

»Und wenn sie irgendwelchen Unfug veranstaltet, sagen Sie mir bitte Bescheid.«

Kapitel 4

Zeitungen zu ergattern, auf welche Weise auch immer, war das Wichtigste geworden. Morgens klaute Bruno als Erstes *La Vanguardia* aus dem Hausflur, bevor der Abonnent aus dem ersten Stock sich die Zeitung holen konnte.

Am dritten Ferientag stand er früh auf und wusch sich eben mal das Gesicht. Er kämmte sich noch, als er in die Küche ging und nach einer Plastiktüte suchte. Er nahm die größte, die er fand. Auf dem Tisch stand die Milchflasche und daneben das Brötchen, das seine Mutter ihm schmierte, bevor sie zur Arbeit ging. Die Kaffeekanne auf dem Elektrokocher war noch warm. Er trank hastig die Milch, wickelte das Brötchen in Alufolie und legte es für später in die Tüte. Er wollte gerade hinausgehen, als Ruth in die Küche kam. Sie war barfuß und im Morgenmantel, ließ schläfrig den Kopf hängen und hielt eine Tasse Kaffee in der Hand.

»Mama, was ist los? Gehst du heute nicht ins Geschäft?«

»Ich habe schlecht geschlafen.« Sie schluckte

die Tablette, die sie in der Hand hatte, und schenkte sich Kaffee nach. »Ich gehe später. Und du, wo willst du so früh hin?«

Mit dem Fuß angelte sie unter dem kleinen Tisch einen Hocker hervor, setzte sich aber nicht.

»Einfach raus, eine Runde drehen«, sagte Bruno.

»Hast du gefrühstückt?«

»Ich hab keinen Hunger. Ich nehme das Brötchen mit für nachher.«

»Es ist mit Ziegenkäse und etwas Quittenmarmelade, so wie dein Vater sie machte ... Mal sehen, ob dir das schmeckt.«

Ganz bestimmt nicht, wollte er schon antworten, schwieg dann aber. Später, dachte er, sage ich dann, es habe ziemlich gut geschmeckt. Er sah, wie sie wieder mit einer unsicheren Bewegung nach dem Hocker langte.

»Geht's dir nicht gut, Mama?«

»Alles in Ordnung. Es ist nur ...« Schließlich setzte sie sich kraftlos hin. »Ich weiß nicht, ob ich dir das sagen sollte, mein Sohn.«

»Was denn?«

Ruth schloss die Augen und wartete ein paar Sekunden. »Man hat deinen Vater gesehen, wie er in der Metro Klarinette spielte.«

Bruno zuckte nicht mal mit der Wimper. Er wollte schon sagen, wundert dich das, Mama?

»Wer hat dir das erzählt?«

»Silvia. Sie hat ihn gestern Mittag gesehen, auf der Treppe zur Station Liceo. Denk dir, zehn Minuten früher bin ich da vorbeigegangen, und er war nicht dort, oder ich habe ihn nicht gesehen ...«

Bruno aber sah ihn jetzt vor sich. Er saß, den Rucksack umgehängt, auf der Treppe, neben ihm ein Tellerchen, und die beiden blonden Spinnen machten Kapriolen auf der Klarinette, buhlten um die Aufmerksamkeit der Leute, *jener rosa Kirschbaum, der in einem Winkel deines Gartens wuchs,* ein paar Münzen fielen in das Tellerchen ... Kleingeld für Herrn Raciocinio.

»Das will mir nicht aus dem Kopf«, sagte Ruth. »Wer weiß, was mit ihm passiert ist. Vielleicht müsste man hingehen, aber ich weiß nicht recht, wahrscheinlich wäre es ihm peinlich, wenn wir ihn so sähen ... Was meinst du, Bruno? Glaubst du, wir müssten etwas tun?« Bruno schwieg. »Willst du nichts sagen?«

»Was soll ich denn sagen, Mama?« Er dachte einen Augenblick nach. »Warum redest du nicht mit der Nichte von Frau Pauli?«

Ruth sah ihn verwundert an: »Mit Érika? Warum das?«

»Vielleicht könnte sie dir helfen. Ihre Tante sagt, dass sie etwas von Männern versteht ... Dass sie weiß, wie man mit ihnen umgehen muss.«

Ruth blickte ihn an, ein Glitzern in den Augen. »Ach ja? Sieh einer an.«

»Das sagt sie immer. Érika könnte dir einen Ratschlag geben, meinst du nicht?«

»Ehrlich? Was dir nur immer einfällt!«

Sie stand mit ihrem traurigen Lächeln auf und stellte die Tasse in die Spüle. Sie öffnete den Hahn und sah wie gebannt auf den Wasserstrahl. Dann verfiel sie wieder in den matten Ton der Sorge.

»Man müsste hingehen und fragen, ob er etwas braucht. Er ist dein Vater.« Und fügte mit einem Aussetzer in der Stimme hinzu: »Er hat nie die Hand gegen dich erhoben.«

»Hmm.«

»Wenigstens das solltest du nicht vergessen.«

Bruno duckte den Kopf.

»Vielleicht war es gar nicht Herr Raciocinio«, sagte er, »du weißt doch, wie kurzsichtig Silvia ist, und mit der Riesenbrille, die sie neuerdings trägt, sieht sie noch weniger, blind wie ein Maulwurf ... Sie hat ihn womöglich verwechselt. Könnte doch sein, oder?« Er wartete ein wenig, bevor er sagte: »Gut, kann ich jetzt gehen?«

Ruth seufzte. »Gib mir einen Kuss und zieh ab. Später gehst du zu Frau Pauli hoch, falls sie irgendwas braucht. Und sagst ihr, wenn ihre Nichte kommt, will ich mit der reden.«

»Alles klar.« An der Tür drehte er sich um und

sah sie an: »Gehst du in den Laden? Kannst du mir dann bitte die Zeitung mitbringen? Denkst du dran?«
Das erste Morgenlicht schwebte wie irisierender Diamantenstaub vor seinen Augen. Kein einziger Flieger lag auf dem Gehweg oder auf der Straße, die Brüder Rabinad waren noch nicht gekommen, und derzeit war auf der sonnigen Seite der Straße, wo Oskar sich gewöhnlich niederließ, nur oben an den Gebäuden ein schmaler Sonnenstreifen zu sehen. Der Junge vom Lebensmittelgeschäft trug die Obst- und Gemüsekisten vor den Laden, und an der Ecke Torrente de las Flores zeigte sich die Schnauze des Müllwagens. Señora Casilda, die Frau des Taxifahrers, fegte den Bürgersteig vor ihrem Haus. Als er den Blick hob, sah Bruno Frau Pauli mit erhobener Hand am Balkon und glaubte erst, sie grüße ihn, dachte dann aber, sie werde einen Flieger werfen. Herunter fiel jedoch eine Banane, und er konnte sie auffangen, bevor sie den Boden erreichte. Sie war überreif, außen schwarz und innen die reinste Marmelade. Er steckte sie in die Plastiktüte und wartete ab, ob noch etwas herunterfiel, doch die alte Frau verließ den Balkon, kam mit dem Papageienkäfig zurück, hängte ihn an die Wand, schäkerte ein wenig mit Jacinto, stützte dann die Ellenbogen auf das Balkongitter und betrachtete die Straße. Obwohl Bruno den

Eindruck hatte, dass sie nun nicht mehr zu ihm blickte, deutete er einen Gruß an und machte sich auf den Weg.

Er schritt zügig den oberen Teil des Paseo de San Juan ab und sah in alle Abfallkörbe. In einem vollgestopften wühlte er zwischen Kleenextüchern, Blechdosen, Flaschen und Plastikbechern und fand ein zerknittertes Exemplar von *La Vanguardia,* das Titelblatt war mit einer übelriechenden Sauce beschmiert. Er riss die Seite ab und nahm den Rest der Zeitung mit. Weiter unten, dort, wo die Rentner Boccia spielten, erhob sich ein alter Mann von einer Bank und hinterließ ein *Diario 16,* das Bruno ebenfalls nahm und in seine Tüte steckte. Als er die Plaza Tetuán erreichte, dachte er, es sei vielleicht noch zu früh, gerade erst neun Uhr morgens, und so setzte er sich auf eine Bank und holte das Brötchen aus der Tüte. Er biss hinein, es schmeckte fad, und er steckte es wieder ein. Die Marmelade ist lecker, aber ich hab einfach keinen Hunger, Mama, wollte er ihr sagen ...

Ihm fiel ein, es sei wohl besser, in belebteren Straßen zu suchen, also lief er zur Rambla, wo es viele Kioske gab und haufenweise Leute auf und ab spazierten. In einem Abfallkorb auf der Höhe des Canaletas-Brunnens fand er ein Exemplar von *El Mundo,* doch die Zeitung stank höllisch, man hatte sie benutzt, um Hundekacke wegzuräumen. Auf dem freien Tisch vor einer Bar lag eine ABC, die er aber, da sie nach faulem Fisch roch, wegwarf. Mit strammem Schritt, den Passanten geschickt ausweichend, entging ihm kein einziger Abfallkorb auf der Hauptpromenade. Mit einem Blick sah er, ob es sich lohnte, darin zu wühlen. Neben einem Blumenstand entdeckte er auf dem nassen Boden einen Stapel Zeitungen, mit denen die Floristin Wurzeln, Stiele und kleine Töpfe umwickelte. Zwölf Stück, schätzte er. Er wartete einen günstigen Augenblick ab, steckte die Zeitungen in seine Tüte und verdrückte sich zwischen den Fußgängern. An der Kreuzung mit den Straßen Boquería und Hospital stieß er auf den Metroeingang Liceo. Ein junger Mann mit blondem Haar und Matrosenmütze stand auf dem Treppenabsatz, spielte Ziehharmonika und ließ ein Hündchen mit roter Perücke und weißem Tüllröckchen tanzen. Auf dem Boden lag eine Zigarrenschachtel mit ein paar Münzen. Keine Spur von Herrn Raciocinio. An das Geländer gelehnt, ruhte Bruno sich ein wenig aus und holte das Brötchen aus der Tasche, biss aber nicht hinein. Er schaute dem Hündchen zu, das sich auf den Hinterbeinen drehte. Dann wickelte er das Brötchen wieder ein und steckte es weg. Nicht vergessen: Es ist nicht so, dass mir diese Marmelade nicht schmeckt, Mama, ehrlich, ich hab nur keinen Appetit.

Entschlossen weiterzusuchen, wenn er damit jetzt auch einen doppelten, nicht ganz klaren Zweck verfolgte, lief er im Zickzack quer auf den Abfallkorb vor dem Café de la Ópera zu, als ihn ein eiliger Schatten, wer weiß, woher aufgetaucht, überholte und dasselbe Ziel hatte, wie Bruno gleich feststellen konnte; er blieb stehen, von dem Treiben der Leute mitten auf der Promenade hin und her geschoben, unfähig zu einer Reaktion. Der Schatten hinterließ eine leicht süßliche Spur, ein Hauch oder eine Körperausdünstung, die dem Jungen vertraut, übergriffig und tückisch anmutete, aber es gab nichts, an dem er ihn hätte erkennen können, außer dem kleinen, khakifarbenen Rucksack, auf dem stand handgeschrieben FENG SHUI. Er trug eine Sonnenbrille, eine Mütze mit ausladendem Schirm und Jeans, darüber lose hängend ein kariertes Hemd. Versunken, völlig gleichgültig gegenüber dem Trubel um ihn herum, hörte er Musik aus einem kleinen, ans Ohr gepressten Transistorradio, während er mit einem Stöckchen emsig in dem Abfallkorb stocherte. Das machte er mit höchster Aufmerksamkeit, wendete gewissenhaft Papiere und Abfall, das Gesicht über den Behälter gebeugt, als wittere er die Beute. Bruno brauchte nur ein paar Sekunden, um den Stock zu identifizieren: Das war, das musste der abhandengekommene Trommelschlägel sein. Er folgte eine Weile dem Mann in einem gewissen Abstand und beobachtete, wie er den Inhalt zweier weiterer Abfallkörbe untersuchte. An dem zweiten hielt er sich länger auf, kratzte am Grund des Korbes herum, der bei einem vollbesetzten Straßencafé stand, gleich daneben ein Tisch, an dem eine Frau in reiferem Alter mit öliger, gebräunter Haut und blonder Perücke saß, ihr zu Füßen ein winziger Pudel. In diesem Moment erahnte Bruno einen flüchtigen Schatten in der Luft, sehr nah, als schwebe ein Papierflieger über seinem Kopf, und so blickte er zu den Ästen einer laubreichen Platane hinauf. Da hörte er die Frau schreien: »Kommen Sie Ricky ja nicht nahe! Fassen Sie ihn nicht an, Sie!«

Als er wieder hinuntersah, bückte sich Herr Raciocinio gerade, versuchte den Pudel, der die Zähne fletschte und wie wild bellte, zu streicheln, während die Frau hysterisch schrie: »Hören Sie etwa nicht, Sie Ferkel?!« Der Angesprochene rührte sich nicht, zog die Hand nicht zurück. »Nicht anfassen! Wie muss man Ihnen das sagen? Auf Chinesisch?«

»Oh, ja, bitte«, sagte er, »das verschafft mir Eintritt in eine andere Dimension.«

Er richtete sich mit einem traurigen Lächeln auf, wandte sich um und machte sich mit gesenktem Kopf auf die Suche nach einem anderen Korb, trieb sich selbst mit dem Trommelstock an. Bruno ging ihm nach, und bald darauf, einem, wie ihm schien, plötzlichen Impuls gehorchend, schlug er einen kurzen Bogen, überholte ihn unbemerkt, war vor ihm am nächsten Abfallkorb, handelte entschieden und schnell, als hätte er sich das schon vorgenommen, bevor er ihn gesehen oder erspürt hatte, bevor er vorsichtig in den Metro-Eingang gespäht hatte, ja noch bevor er das Haus verlassen hatte: Er holte die reife Banane und das Brötchen aus dem Plastikbeutel, legte beides in den Abfallkorb und verdrückte sich schnell. Bruno blickte sich nicht um: Er wollte ihn nicht sehen, wie er mit dem Trommelstock im Dreck wühlte, emsig und verstohlen, er wollte ihn nicht dort inmitten der Leute stehen sehen, in der einen Hand die Banane mit der schwarzen Schale, in der anderen den Rest des Brötchens, in das er hineinbiss, vielleicht überrascht von dem unerwarteten Geschmack der Marmelade ...

Bruno machte sich auf den Heimweg die Rambla aufwärts, die Tüte mit gut fünfzehn Zeitungen über den Rücken gehängt. Als er noch kurz zuvor die Tour die Rambla abwärts begonnen hatte, war sein Plan gewesen, nur in den Körben auf der mittleren Promenade nachzusehen und die auf den Gehsteigseiten für den Rückweg zu lassen. Aber jetzt mochte er nicht mehr.

Kapitel 5

Als er in seine Straße einbog, war es schon kurz vor eins, die Brüder Rabinad waren noch immer nicht aufgetaucht oder schon wieder verschwunden. Kein Papierflieger auf der Fahrbahn oder dem Trottoir. Ein leichter Wind war aufgekommen, die Luft kristallklar, dazu ein irisierendes Licht, das Bruno zwang, die Augen zusammenzukneifen. Die Besitzerin des Kurzwarengeschäfts sprengte die Straße mit einem Wassereimer, und Señora Candelaria schüttelte einen Teppich vor dem Eingang ihres Hauses aus. Er besann sich auf den Auftrag seiner Mutter und beschloss, zuerst Frau Pauli aufzusuchen und die Zeitungen abzurechnen. Zehn Pesetas, mindestens, rechnete er erneut, dazu ein Trinkgeld …

»Meine Mutter schickt mich, ob Sie etwas brauchen.«

»Komm rein, mein Lieber. Schnell!«

»Und hier sind die Zeitungen. Es sind fünfzehn, oder mehr.«

»Du kommst wie gerufen. Etwas Schreckliches ist passiert!«

Sie war im Nachthemd und hatte einen Schal über die Schultern gelegt, war wie immer sorgfältig frisiert und geschminkt und trug eine rote Nelke im Haar. Sie wirkte sehr nervös und achtete nicht auf das, was Bruno sagte, schaute nicht einmal auf das Bündel Zeitungen. Sie erklärte, sie habe in aller Hast Jacintos Käfig mit einem Handtuch zugedeckt, nicht nur um ihn vor dem Wind, der ihn vor Angst stottern ließ, zu schützen, sondern vor allem, um ihm ein unangenehmes Spektakel zu ersparen. Und dass sie sich beeilt habe, die Tür zum Balkon wieder zu öffnen, zu spät womöglich.

»Ich hatte sie wegen des Windes geschlossen, wusste aber nicht, dass der arme kleine Vogel schon in der Wohnung war.«

»Der kleine Vogel? Ah ja. Schauen Sie mal, heute habe ich Ihnen fast zwanzig gebracht ...«

»Ich sah ihn nicht hereinkommen, verstehst du? Ich habe ihn nicht gesehen!«

Niedergeschlagen setzte sie sich an den Esstisch, vor eine Tasse Tee, einen Apfel, ein paar Madeleines und eine Schachtel Zigaretten, auf der ein silbriges Feuerzeug lag. Daneben hatte sie einen kleinen Teller mit aufgeweichten Madeleine-Stückchen und einem kleinen Salatblatt gestellt. Mit zittrigem Finger schob sie den Teller Bruno zu.

»Kannst du den bitte auf den Balkon bringen?«, sagte sie. »Vielleicht sieht Janek ihn ja. Noch ist er hier drinnen, aber er mag frischen Salat so gern und traut sich dann vielleicht raus.«

Bruno verzog missmutig das Gesicht, gehorchte aber, ohne weitere Fragen zu stellen. Er sah den mit einem Handtuch bedeckten Papageienkäfig auf der Anrichte stehen. Auf dem Sofa ein Durcheinander von Zeitungsausschnitten und eine Schere. Wieder verkündete er die frohe Botschaft:

»Ich habe Ihnen neue Zeitungen gebracht, Frau Pauli.«

Zehn oder zwölf Pesetas, dazu das Trinkgeld, weniger geht nicht, oder?, dachte er noch, aber sie schien im Augenblick nicht bereit, ihm zuzuhören, beharrte in verdrießlichem Ton:

»Das ist Janek, ganz sicher, so ein Gelb gibt es nicht noch einmal. Gelb wie ein Stern auf der Brust«, fügte sie nachdenklich hinzu. »Ich habe nicht gesehen, wie er hereingeflogen ist, nur gehört, wie Jacinto wegen des Winds zeterte. Der macht ihm solche Angst ... Also habe ich die Balkontür geschlossen. Später hörte ich dann, wie etwas gegen die Glasscheiben schlug, von innen. Es ist der Wellensittich, den ich Michal zu seinem ersten Kampf geschenkt habe ...« Sie geriet wieder ins Grübeln. »Nein, den ersten hat er ja verloren! Es war zum Geburtstag.«

»Wessen Geburtstag?«, fragte Bruno, um etwas zu sagen.

Bruno hörte ihr gelangweilt und teilnahmslos zu. Die hat immer weniger Tassen im Schrank, dachte er. Er wollte eben das Bündel Zeitungen auf den Tisch knallen, als sie den Apfel nahm und auf den Balkon ging. Sie schritt auf ihren schwarzen Schuhen mit den dünnen Absätzen einher, leicht und ihrer Umgebung fremd, als höre sie eine innere Musik, auf jeder Fliese änderte sie kapriziös den Schritt, wie getrieben von einer inneren Unruhe, der sie nicht Herr wurde, und einen Augenblick lang hatte Bruno erneut die seltsame Empfindung, sie rücke in einen Bereich vor, der nicht zu diesem Raum gehörte, ein Ort mit anderen Dimensionen, einem anderen Licht, wo Stille herrschte. Vom Balkon blickend, rieb sie den Apfel an ihrer Brust, hob dann den Arm und visierte ein Ziel unten auf dem Trottoir an. Eine kleine Weile hielt sie den Arm hoch und den Kopf über die Leere gebeugt, bis sie den Apfel fallen ließ. Dann sagte sie: »Komm her, Bruno. Siehst du diesen zerlumpten Jungen, der auf den Bürgersteig gestürzt ist?«

Er beugte sich vor und sah Oskar, der in der Sonne lag, die Hände im Nacken und die schadhaften Rollschuhe an den Füßen.

»Er bewegt sich nicht, siehst du. Er kann nicht. Wenn es regnet, und es wird bald regnen«, sagte sie mit Blick auf den vom Wind blankgefegten, tiefblau strahlenden Himmel, musterte ihn, als sei es ihr gegeben, auch künftige Regenfälle zu sehen – ebenso wie tote Vögel –, dachte Bruno, »wird man ihn wegschaffen und unter einen Torbogen legen müssen.«

»Dem passiert nichts, Frau Pauli. Ich kenne den Jungen.«

»Wahrscheinlich ist er eingeschlafen, und das wäre das Beste, was ihm passieren könnte. Wenn du später runtergehst, hilf ihm aufzustehen und frag ihn, wo er wohnt ... Ich kann heute keine Treppen steigen, das Bein tut mir ziemlich weh.« Sie verließ hinkend den Balkon und, schon im Esszimmer, drehte sie sich zu Bruno um. »Hast du verstanden ...? Aber Kind, mach nicht so ein Gesicht. Hör zu. Vor vielen Jahren habe ich im Kino Windsor einen Film gesehen, da fragt ein Trunkenbold seinen Freund: Hat dich noch nie eine tote Biene gestochen? Nun gut, und ich frage: Ist dir im Sommer noch nie ein Vogel ins offene Fenster geflogen? Sag nicht Nein, Bruno, denn so etwas kommt vor.«

Sie fügte hinzu, sie habe immer gewusst, dass es eines Tages passieren musste. Die tote Biene, die sticht, das ist die Erinnerung, wagte sie sich vor, in den Augen den Glanz der Überzeugung. Der verdammte Stachel der Erinnerung. Dann erklärte sie, dass der arme kleine Janek habe flüchten wollen und ein ums andere Mal gegen die Fensterscheibe geprallt sei, weil er glaubte, dahinter öffne sich für ihn der blaue Himmel. Sie habe gerade in der Küche Tee bereitet und voller Schrecken sein verzweifeltes Flattern und die Schläge gegen das Glas gehört. Da habe sie begriffen, was vor sich ging, sie sei hingeeilt, um die Tür zu öffnen, habe ihn aber nicht gesehen.

»Er muss hier irgendwo sein. Er wird sich versteckt haben, wenn er nicht zu Tode gekommen ist bei so vielen Stößen, er liegt wohl in irgendeinem Winkel, vielleicht mit gebrochenem Flügel, wie dieser Junge, der da zusammengekauert im Freien liegt ... Man müsste unter dem Sofa, der Anrichte, den Stühlen suchen, meinst du nicht, mein Lieber? Und würdest du mir helfen, ihn zu suchen? Bitte.«

»Klar.«

Er beschloss mitzuspielen. Er kroch sogar auf den Knien herum, guckte in die Ecken und hinter den Möbeln. Sie folgte ihm, die Tasse Tee in der einen Hand, den Gehstock in der anderen.

»Er ist nicht hier«, sagte Bruno nach einer Weile. »Er wird fortgeflogen sein. Sind Sie sicher, dass Sie einen Wellensittich gesehen haben, vielleicht haben Sie das nur geglaubt, und es war ein Spatz?«

»Das ist Janek. Es gibt kein Gelb wie das Seine.«

»Hmm. Er kommt zurück, keine Sorge.«

»Glaubst du?«

»Bestimmt. Wellensittiche von Boxern kommen immer zurück.« Er wusste nicht recht, warum er das gesagt hatte. Auch nicht, warum er, ein abschätziges Lächeln verbergend, noch hinzufügte: »Allerdings bei Nacht. Wissen Sie nicht, dass Gespenster tagsüber nicht fliegen?«

Sofort bedauerte er den blöden Witz. Es war nicht lustig. Warum konnte man nicht wie früher über die Verrücktheiten der Alten lachen? Wenn sie irgendwo das gelbe Gespenst eines Vogels sah und wenn dieser Vogel ein Wellensittich war, den sie Janek nannte und der vor Jahren in einem Käfig gestorben war, der bei ihrem Freund, dem blonden polnischen Boxer, im Trainingsraum hing, bevor auch er starb, vielleicht an der Front oder in einem Konzentrationslager oder mit Boxhandschuhen im Ring, vielleicht in einem schrecklichen Bombenhagel – er fantasierte weiter auf allen vieren, war sich dessen bewusst zu fantasieren –, wenn ihr das guttat oder ihr über einen Kummer oder über eine Wahnidee hinweghalf, nun ja, dann sollte es so sein. Einsame alte Frauen fangen an zu spinnen, so war das eben. Er sah, wie sie sich eine Zigarette anzündete und gemessen kleine Rauchwolken ausstieß; sie wirkte resigniert, doch plötzlich nahm sie zwei Madeleines vom Tisch und bewegte sich wieder zum Balkon. Erneut lief sie leichtfüßig, entschlossen und erwartungsvoll, machte geradezu kleine Sprünge, als sei auf dem Balkon irgendetwas oder irgendjemand, der nicht warten konnte. Sie legte die brennende Zigarette auf das Eisengeländer, schaute nach unten und hob die Hand mit den Madeleines. Sie blieb eine Weile so stehen, schwenkte den Arm hin und her, dann ließ sie die Madeleines fallen, erst die eine, dann die andere. Bruno hörte Oskars Rollschuhe und brauchte nicht nachzusehen. Er sah auch die Zigarette ins Leere fallen, als Frau Pauli versehentlich mit der Hand darankam.

»Meine Mutter sagt, Sie müssten aufhören zu rauchen. Dass Sie die Kippen irgendwo hinlegen und vergessen, das ist gefährlich ...«

»Die hier fällt nicht bis auf den Boden, keine Sorge«, erwiderte sie schelmisch. »Arme Jungs rauchen und träumen ... Komm, ich muss dir etwas sagen.«

Sie kam wieder herein, setzte sich an den Tisch und trank ein wenig Tee, bevor sie ihm die Neuigkeit mitteilte: Sie brauchte keine Zeitungen mehr, er musste nicht weiter suchen. Gestern war sie darauf gekommen, dass die Zeitungen ja alle von hier waren und natürlich auf Spanisch, sagte sie, ein plötzliches Lachen unterdrückend.

»Als hätten sie Sprachen gelernt, meine armen Kleinen! Heiliger Jacinto, wie konnte ich nur so dumm sein? Ich schäme mich, wenn ich darüber nachdenke. Ich zahle die Zeitungen, die du mir gebracht hast, klar, aber ich möchte keine weiteren mehr. Von jetzt an falte ich meine Flieger aus weißen Seiten ... Papierflieger ganz in Weiß. Heute Morgen habe ich schon ein paar geworfen. Man kann sie aus den Seiten von Blocks, Heften und Ähnlichem sogar besser machen. Und wenn die Hefte ausgehen, dann kaufen wir einen Packen Blätter im Papiergeschäft, was meinst du?«

»Dann bringe ich also keine Zeitungen mehr?«, sagte Bruno.

»Ich kann sie nicht gebrauchen, mein Schatz. Eigentlich haben sie schon von Anfang an nicht getaugt, weil es sich um eine andere Sprache handelt. Außerdem ist es so schwierig, in den Zeitungen gute Nachrichten zu finden! Denn weißt du, dieses Land, das ich sehr liebe und in dem ich so viel getanzt und mich, das gebe ich zu, auch amüsiert habe, ist ein Land mit viel Geschrei und bösen Zungen, und das nicht nur auf der Straße, auch in den Zeitungen, die bringen kaum frohe Nachrichten für die Kinder. Ich brauche also eine andere Sprache, andere Worte, eine andere Grammatik. Hast du das verstanden, mein lieber Bruno? Und jetzt sag mir, was ich dir schulde.«

Eine andere Sprache, andere Worte, eine andere Grammatik – eine andere Meise. Was gab es schon bei dem ungereimten, schwindelerregenden Geplapper einer durchgedrehten Alten zu verstehen. Nichts. Das großzügige Trinkgeld eingeschlossen, hatte er sich die fünfzehn Pesetas redlich verdient, die Frau Pauli jetzt vorsichtig aus einem kleinen Geldbeutel mit silbernem Verschluss holte und ihm lächelnd überreichte, nur das gab es zu verstehen, also bedankte er sich und steckte den Lohn in die Tasche. Bevor er ging, fragte er, ob der andere Teil der Abmachung noch gelte, nämlich die neuen Flugzeuge von der Straße aufzusammeln, egal ob sie aus Blättern von Heften oder Blocks gefaltet waren und eine andere Sprache, eine andere Grammatik oder was auch immer transportierten und ob es bei dem Preis pro Stück bliebe, und sie antwortete, ja, mein Schatz, selbstverständlich.

»Und Sie sagten, Sie haben heute Morgen schon welche zum Fliegen gebracht?«

»Nur ein paar. Ich weiß nicht, ob die nah oder weit geflogen sind, auch nicht, ob die Jungs sie gesehen haben, der Wind war so stark. Aber denk dran, wenn du andere findest, solche aus Zeitungspapier, die kommen nicht mehr infrage.«

»Alles klar. Also, ich muss jetzt gehen, Frau Pauli.«

Er bemerkte den offenen Schnürsenkel an seinem linken Schuh und bückte sich. Missmutig wollte er gerade schnell die Schleife binden, als er eine kleine Feder im Raum schweben sah. Eigentlich sah er sie, ohne direkt hinzuschauen, denn das war seine Art, den Dingen zu begegnen, die er nicht wahrhaben mochte oder konnte. Es war eine grellgelbe Feder, und sie tanzte vor seinen Augen, schwerelos, zitternd, winzig, eine unbedeutende Daune zwischen den schillernden Staubpartikeln, die in einem vom Balkon eindringenden Sonnenschwert schwebten. Die Finger noch in den Schnürsenkel verwickelt, wartete er, bis er die Feder auf dem Boden liegen sah, um sich zu fragen: Was denkst du da, Junge? Bist du bescheuert oder was? Sie könnte vom Papageien sein, sagte er sich. Könnte, in der Tat, nur war Jacintos Gefieder leuchtend blau und hatte nirgends eine andere Färbung, abgesehen von diesem grünlichen Streifen am Hals ...

Er wollte die Feder nicht aufheben, sie auch nicht Frau Pauli zeigen, sagte nichts. Er band die Schleife fertig, richtete sich auf und ging mit gesenktem Kopf durchs Esszimmer. Bevor er in den Flur abbog, erinnerte er sich an die Ermahnungen seiner Mutter und drehte sich um: »Brauchen Sie noch etwas, Frau Pauli?«

»Weiße Wolle für die Margeriten. Und noch Stoff, vor allem Samt. Na ja, auch Seide. Sag's deiner Mutter.«

»Mach ich. Ach, das hatte ich ganz vergessen, sie fragt, ob die gelben Rosen schon fertig sind …«

»Nein, gelbe Rosen mag ich nicht mehr machen. Sag es ihr. Sie wecken schlechte Erinnerungen, die gelben Rosen.«

»Gut. Ach, noch was, wenn Ihre Nichte kommt, sagen Sie ihr, dass sie bei uns vorbeikommen soll.«

»Die kommt zum Glück nicht vor Ende des Monats«, sagte Frau Pauli. »Mach's gut, du Hübscher. Denk dran, Ruth für die Wollsocken zu danken. Sag ihr, ich mach daraus prachtvolle Rosen, wirklich prachtvoll. Aus Socken gemachte Rosen, die nach Rosen duften. Du glaubst mir nicht, Kind?«

Beim Hinausgehen stoppte ihn ein plötzlicher Lichtreflex, und er rieb sich die Augen mit den Fäusten. Kahler Kürbis saß wartend auf dem Kantstein und spielte mit dem kleinen Spiegel und dem Licht. Das tanzende Licht brachte Bruno durcheinander, und er musste ein Weilchen stehen bleiben. Sogar im Hochsommer hatte die Straße etwas Winterliches. Kahler Kürbis war barfuß und pulte mit der freien Hand zwischen den Zehen. Neben ihm lagen vier Flugzeuge. An seinen Knöcheln klebten schmutzige Pflaster, der Ranzen hing an einer Schulter, und die Mütze steckte im Gürtel. Oskar lag in der Sonne, neben ihm die Rollschuhe, er schien zu schlafen. Mitten auf der Fahrbahn pickte eine hinkende Taube wohl an den Resten eines Küchleins; sie hüpfte mit kleinen Sprüngen drum herum, als wolle sie die Flucht des süßen Teils verhindern, und dann und wann stieß sie heftig mit dem Schnabel zu. Bruno rieb sich abermals die Augen und musterte erneut das Bild, das die auf den Gehsteig gefläzten Brüder boten. Selbst in dem knalligen Mittagslicht, wenn die Sonne die Straße entzündet und die Farben hervorlocken will, wirkten die beiden eintönig grau, wie zwei aus einem Schwarzweißfilm entsprungene Jungen unter dem Schattenschleier einer vorüberziehenden Wolke, vielleicht auch hochgetaucht aus der gedankenverlorenen Abdrift im Bewusstsein desjenigen, der plötzlich, ohne dass es einen Grund dafür gäbe, ahnt, schon einmal hier gewesen zu sein, dies bereits gesehen zu haben; als wären die Brüder Rabinad gekommen, um dieser tristen Gasse ihr einstiges Wesen, die verdrängte Erinnerung an Armut und Mühsal, zurückzugeben, ihm wurde vage bewusst, dass dies, was er jetzt sah, diese schadhaften Gehwege, auf denen noch Unkraut wuchs, und diese schwärzliche Fahrbahn, gezeichnet von den Narben der Kinderspiele, vor nicht allzu langer Zeit Kindern mit zornigen Augen gehört hatte, die mit Steinen, Fäusten und Fußtritten gekämpft hatten; dass dies eine andere Straße, eine andere Stadt in einer anderen Zeit gewesen war und dass deren düstere und unselige Geschichte den zerlumpten Brüdern Rabinad nicht fern oder fremd war.

Auf ebendem Gehsteig, wo die Brüder sich breitgemacht hatten, trat, verfolgt vom Hund des Taxifahrers Amadeo, der Junge aus dem Kurzwarenladen angestrengt in die Pedale seines kleinen Fahrrads; Kahler Kürbis wollte ihn aufhalten oder zu Fall bringen und streckte ein Bein aus, das der Kleine aber geschickt umfuhr. Der Hund kam heran und schnupperte an den Füßen, entfernte sich dann gleich wieder mit hängendem Kopf. Bruno hatte den Eindruck, dass der Vormittag länger dauerte als üblich, die Luft allmählich trübe und dick wurde und das Pflaster nun wieder trocken und eher schmutzig war, als sei es nicht eben erst gesprengt worden. Vom Untergrund her kündigte sich Regen an, denn wie an glutheißen Tagen verströmten die Kloaken leichten Gestank, und von der Mündung der Straße trug der Wind trockene Blätter heran, wer weiß, woher, vielleicht von den Platanen an der Plaza Rovira, nur dass dürres Laub im August mehr als unwahrscheinlich war ...

»Halli, hallo, halleluja, jetzt wird gelöhnt!«, stimmte Kahler Kürbis von der anderen Straßenseite her an, bewegte die Arme mit den schwülstigen Gesten eines Dirigenten. Er zog sich die abgetretenen Schuhe an, sammelte die Papierflieger auf und hinkte über die Straße.

»Was ist passiert?«, fragte Bruno.

»Ich hab mir den Fuß verknackst.«

»Oh je. Wann seid ihr gekommen?«

»Wir sind schon den ganzen Vormittag hier, Kleiner. Na gut, aber heute hast du abgerechnet, also hopp, her mit der Knete.«

»Frau Pauli hat gesagt, sie zahlt morgen.«

»Verdammte Kacke, wie lang soll das noch dauern?! Das riecht nach Beschiss, weißt du? Ich hab noch keine müde Peseta gesehen.«

»Immer mit der Ruhe.«

»Von wegen Ruhe. Wir brauchen das Moos, und zwar gleich. Ich würde mal gerne mit der Oma sprechen. Lass mich doch mal mit raufgehen.«

»Kommt nicht infrage. Du klaust bestimmt was, ich kenn dich.«

»Nein. Merk dir das, Bürschchen, das ist eine heilige Regel, und ich befolge sie eisern: Nichts bei Omas klauen! Bringt Unglück.«

Da lag noch ein Flieger, wenige Meter entfernt, an der Öffnung zum Abwasserkanal. Einer der neuen, aus linierten Heftseiten, und er schien nicht mehr ganz heil zu sein.

»Und was ist mit dem?«, fragte Bruno.

»Der taugt nicht«, erwiderte Kahler Kürbis. »Keine kaputten, hast du gesagt. Schau ihn dir doch an. Ein Auto hat ihn plattgemacht, bevor ich ihn aufheben konnte. Ein Alfa Romeo Cabrio, marineblau mit silbrigen Ledersesseln, ein Wahnsinn, Kleiner ...«

»Du Schwindler! Durch unsere Straße kommen keine Autos, und erst recht kein Alfa Romeo.«

»Heute aber schon. Ich hab ihn gesehen! Der Flieger war beim Landen und ist unters Rad gekommen.«

»Klar, Mann, und ich soll das glauben. Du bist wahrscheinlich draufgetreten. Gib schon her.« Er nahm ihm die Flieger ab. »Das sind heute nur vier, und diese Sorte ist auch nicht mehr gefragt. Da muss man sich schon mehr ins Zeug legen ...«

»Nun mach mal halblang, Kollege! Immer schön langsam, ich tu und mach, mir entgeht keiner. Aber viele fliegen auch wer weiß wohin, da staunt man nur, die Alte hat'n gutes Wurfhändchen. Manche Dinger fliegen sogar um den Block, und wo sie landen, weiß der Geier. Ich war da nachschauen, als ich mir den Knöchel verknackst hab. Ganz schöne Scheiße, Kollege, das Einzige, was ich bisher davon gehabt habe, ist ein kaputter Knöchel.«

Bruno schwieg dazu lieber, inspizierte derweil die Flugzeuge. Alle aus Zeitungspapier, also nichts wert. Eines hatte auch noch einen verdrückten Schwanz, ein anderes war nass geworden, jedes aber trug, leicht verwischt oder zerrissen, eine kleine, wohltätige Meldung auf den Flügeln: *Geschenke für kranke Kinder im Cottolengo – Der Weihnachtsmann kommt im August, Zu Besuch: Der große amerikanische Zirkus.*

»Der Scheißknöchel tut höllisch weh. Aber vergiss es«, sagte Kahler Kürbis. »Gemeinsam für die Knete, Kleiner! Also, du schuldest mir das vom Sonntag und das von gestern, dazu das bisschen von jetzt, das wären insgesamt sechs fünfzig, plus fünfundzwanzig Céntimos als Entschädigung für die, die jetzt angeblich nichts mehr wert sind. Und ich hab das Warten langsam satt, verstanden? Wenn du nicht bald zahlst, wirst du gemolken. Damit du Bescheid weißt.«

»Aber ja, Mann. Und denk dran, von jetzt an gibt's kein Geld für die aus Zeitungspapier. Kapiert?«

»Ja doch, aber für die von heute schon.« Er schaute Bruno mit einem listigen Glitzern in den Augen an: »Noch was. Ich hab nämlich nachgedacht, und da ist mir was eingefallen. Hör zu. Weiß die Alte eigentlich, wie viele Flugzeuge sie vom Balkon wirft? Ich meine, zählt sie die ab?«

»Ob sie die zählt? Keine Ahnung.«

»Bestimmt nicht. Sie zahlt doch pro Stück, das heißt ... Ich hab da eine Idee, Kollege!«

Die Idee war, selbst Papierflieger zu falten und sie der bescheuerten Alten dann zusammen mit den aufgesammelten zu bringen, sie habe die sicher nicht gezählt, bevor sie sie fliegen ließ, so würden sie mehr Knete bei jeder Lieferung machen und wären nicht abhängig davon, ob es regnete oder stürmte oder der Straßenfeger ihnen zuvorkam ...

»Du hast vielleicht Schnapsideen«, fuhr Bruno dazwischen. »Merkst du denn gar nicht, wie gemein das ist, die arme Alte so auszutricksen? Kommt nicht in die Tüte. Du wirst frech, Kahler Kürbis. Im übrigen zahlt sie demnächst alles, was sie uns schuldet ... pass so lange auf, vielleicht wirft sie noch mal welche.«

»Nein. Sie hat wegen dem bisschen Wind bereits den Papagei reingebracht und die Balkontür geschlossen. Ihre fixe Idee ist, merk's dir, dass Wind die Papageien verrückt macht ...«

Bruno hob den zerknickten Flieger neben dem Abflusskanal auf, für einen zweiten Flug taugte der tatsächlich nicht. Auf einer der Seiten stand mit Tinte geschrieben: *Jutro karmelki śmietankowe.** Eine andere Sprache, eine andere Grammatik, eine andere Meise. Er überlegte, den Flieger seiner Mutter zu zeigen, als er sie auf der anderen Straßenseite kommen sah; gedankenverloren und erhitzt, fächerte sie sich mit der Zeitung Luft zu.

* Morgen gibt's Sahnebonbons.

»Komm bald, Bruno«, sagte sie, bevor sie ins Haus ging.

In einem Beutel hatte sie ein halbes Kilo gekochte Hülsenfrüchte, die sie gerade in dem Geschäft in der Calle Providencia gekauft hatte, und die große Nase vom Kahlen Kürbis witterte das Essen schon von fern. »Heute gibt's Kichererbsen, Kleiner.« Er täuschte einen Faustschlag in Brunos Magen vor, sagte seinem Bruder, er solle sich nicht von dort wegbewegen, und machte sich mit seinem Schlachtruf von dannen:

»Voran, voran, gemeinsam für die Knete, Mann!«

Hinkend zog er ab, und Bruno sah ihm grübelnd nach, die Hand in der Hosentasche fest um das Geld von Frau Pauli geschlossen, das er mit keinem teilen wollte. Er sah, wie sich Oskar mit halbgeschlossenen Augen die dreckigen Knöchel kratzte. An seinen Augenlidern klebte Eiter. Bruno streichelte über seinen kahlen, kranken Kopf, zum Abschied gewissermaßen, ging schnell über die Straße und betrat das Haus.

Während er Ruth beim Tischdecken half, beschloss er, ihr nicht zu sagen, dass er Herrn Raciocinio gesehen hatte, als er wie ein Bettler in den Müllkörben auf der Rambla wühlte; er würde nur sagen, dass ihm die Quittenmarmelade auf dem Brötchen gut geschmeckt hatte, weil sie ihn an dessen Marmelade erinnerte, das musste genügen …

»Ich habe deinen Vater gesehen«, sagte Ruth plötzlich.

»Ja?«, gab er überrascht zurück. »Du hast Papa gesehen?«

Seine Mutter hielt, das Besteck in der Hand, in der Bewegung inne und schaute ihn mit einem halben Lächeln an.

»Papa, ja. Ich habe Papa gesehen.«

»Wann hast du ihn gesehen?«

»Bring das Brot und setz dich hin. Vor einer halben Stunde, auf der Rambla.« Sie wirkte ruhig, während sie sorgfältig die Falten der Tischdecke glattstrich, Teller und Gläser hinstellte. »Wir haben uns in ein Straßencafé gesetzt und ein Weilchen geplaudert. Er hatte ein kleines Hündchen dabei, das als Balletteuse herausgeputzt war. Deinem Vater geht es gut, er kommt zurecht … Er schnorrt wie immer Zigaretten, hat mich aber zu einer Mandelmilch eingeladen.«

»Das hat er getan? So was.«

»Er fährt nach Holland mit einem Freund, einem Akkordeonspieler, er sagt, die alten Hippies treffen sich jetzt in Amsterdam.«

»Ach ja? Wann fährt er?«

»Wasch dir die Hände, bevor du dich an den Tisch setzt.« Das sagte sie gerne, als würde damit eine einstige häusliche Ordnung wiederhergestellt. »Ich hab ihn eingeladen, er soll irgendwann zum Abendessen kommen. Mir ist nichts eingefallen, was wir sonst für ihn tun könnten.« Sie sah Bruno an, der verwirrt wirkte, und fügte hinzu: »Wie auch immer, er kommt nicht.« Sie wartete einen Augenblick. »Willst du nicht wissen, warum er nicht kommt?«

Bruno griff nach einem Brotbrösel und steckte ihn in den Mund.

»Aber du tust dich nicht wieder mit ihm zusammen, ja, Mama? Du willst doch nicht, dass er dich wieder zum Weinen bringt, oder?«

»Natürlich nicht. Aber er ist dein Vater. Er sagt, er kommt nur, wenn du ihn darum bittest.«

»Ich?«

»Ja, du.«

Sie hätte es gerne, wenn Bruno zu ihm ginge, fügte sie hinzu, und sei es nur, um Adieu zu sagen und ihm Glück zu wünschen, denn das letzte Mal, als der Vater hier bei ihnen war, sei Bruno so ungezogen zu ihm gewesen. Der Junge gab sich zerstreut, und kurz darauf gelang es ihm, das Thema zu wechseln. Er wollte wissen, ob Ruth vielleicht eine Salbe für Wunden und eitrige Pusteln auf dem Kopf habe, da es seinem Freund Oskar, dem Kleineren der Rabinad-Brüder, trotz der vom Arzt verordneten Sonnenbäder gar nicht gut ginge.

Ruth wollte wissen, wer die Rabinad-Brüder seien, sie habe sie noch nie gesehen, weder auf der Straße noch im Viertel, und es wunderte sie, dass ein Arzt Sonnenbäder für die Wunden oder Pusteln eines Kindes verordnete …

»Er ist wirklich krank, Mama«, sagte Bruno, »er liegt den ganzen Tag auf dem Gehsteig rum, du hast ihn doch selbst gesehen.«

»Wen gesehen?«

»Oskar. Er war bei mir, als du heimkamst, und sein Bruder Jan auch …«

»Ich habe niemanden gesehen, Kind.«

»Aber Mama, du musst sie gesehen haben. Sie waren doch mit mir zusammen!«

»Na, dann brauchen sie aber sehr wenig Platz, denn ich habe sie nicht bemerkt.« Sie schüttelte nachdenklich den Kopf, schob die Angelegenheit beiseite. »Ich dachte an etwas anderes. An Frau Pauli … Es geht ihr nicht gut. Hast du ihr gesagt, dass ich mit der Nichte sprechen will?« Sie bekam keine Antwort. »Hörst du zu, Sohn?«

»Ah, ja, ich hab's ihr gesagt«, brummelte er.

Er war verwirrt, und es war ihm unbehaglich zumute. Verwirrt, weil er nicht begriff, wieso seine Mutter die Rabinad-Brüder nicht gesehen hatte. Es waren zwar nur zwei Straßenjungen, Bettler fast, immer auf Trebe, ziemlich einsam und zerlumpt, zwei, die nichts haben und nichts können, hätte seine Mutter gesagt, aber auffällig waren sie schon. Und unbehaglich war ihm zumute, weil er allmählich ein schlechtes Gewissen bekam, den Kahlen Kürbis vorsätzlich betrogen zu haben. Nach dem Essen ging er auf die Straße mit dem schalen Vorsatz, Oskar das Geld zu geben, damit der es seinem Bruder brachte. Aber auch Oskar war verschwunden.

Kapitel 6

Am nächsten Tag tauchte keiner der beiden Brüder auf der Straße auf und am übernächsten auch nicht. Bruno wartete den Rest der Woche über vergeblich und beschloss schließlich, den Schrotthandel von Herrn Rabinad in der Calle Tres Señoras zu suchen, doch in dieser Straße gab es keinen Schrotthandel, hatte auch nie einen gegeben, wie ein alter Pförtner beteuerte, der gerade den Bürgersteig fegte. Dennoch vertraute Bruno darauf, den Kahlen Kürbis irgendwann unverhofft wiederzutreffen; bestimmt würde er mit dem Ranzen voller Flieger zurückkommen; deshalb verließ er jeden Morgen mit den sechs Pesetas und fünfundsiebzig Céntimos, die er ihm schuldete, das Haus, sammelte pünktlich die Papierflieger auf, die Frau Pauli in der vergangenen Nacht geworfen hatte, alle mit ihm unverständlichen Botschaften in Rotstift geschmückt. Er packte die Flieger in einen Beutel, stieg hoch zur Wohnung der alten Frau und lieferte gegen ein paar Münzen diese kleinen, luftigen Machwerke aus Papier ab, die von Mal zu Mal seltener, auch plumper wurden, wobei er immer weniger das Gefühl hatte, beim spleenigen Spiel einer Verrückten mitzumachen; vielmehr fühlte er sich angetrieben von einem unbestimmten Wollen, erwachsen aus einer persönlichen Verpflichtung, deren Wesen er nicht hätte erklären können. Er unterhielt sich damit, auf den fragilen Papierflügeln, die der Straßenfeger oder eine emsige Nachbarin nicht mit dem Besen beschädigt hatten, Wörter mit gehäuften Konsonanten zu entziffern: *Tej nocy ciastka. Jutro chleb. Dziś czekolada.** Er mühte sich damit ab, sie laut vorzulesen; es ging ihm nicht darum, den Sinn zu erschließen, er wollte nur eine andere Stimme ausprobieren, eine andere Klangfarbe entdecken. Es kam ihm vor, als höre er einen anderen sprechen, in einem tiefen und erwachsenen Ton, und er stellte sich vor, Außerordentliches zu sagen. Er hob das letzte Flugzeug vom Boden auf, das gegen den Fensterladen der Bar Trébol geprallt war, und las: *Dzień dobry. Lomir say iberleben!***

»Was heißt das, Frau Pauli?«, fragte er bei der Übergabe.

»Das heißt Guten Tag, mein Schatz.«

Am Samstag der zweiten und letzten Ferienwoche fiel früh in der Nacht ein starker Platzregen, und

* Heute Abend Kuchen. Morgen Brot. Heute Schokolade.
** Guten Tag. Lass uns sie überleben!

die Straße stand voller Pfützen. Ruth war mit ihrer Chefin und Freundin in ein Restaurant im Raval gegangen, hatte für Bruno den Tisch gedeckt und etwas zum Abendessen vorbereitet. Gegen elf Uhr brachte er den Müllbeutel raus und sah zwei Flieger neben dem Kantstein liegen; der Regen hatte sie fast aufgeweicht, und sie trieben in einem schlammigen Strom auf die Öffnung des Abwasserkanals zu. Als er an die Ecke kam, wo der Müllcontainer stand, regnete es wieder so stark, dass er sich unter einen Torbogen flüchtete und dort eine Weile blieb. Als er dann nach Hause rannte, landete neben ihm ein offener schwarzer Regenschirm. Er hob den Blick, und durch den Wasserschleier sah er im diffusen Licht der Straßenlaterne Frau Pauli auf dem Balkon stehen, reglos im Regen.

Er ergriff den Schirm, holte zu Hause den Wohnungsschlüssel der alten Frau aus Ruths Nachttischschublade, rannte die Treppen bis zum zweiten Stock hoch und schloss die Tür auf. Die kleine Diele lag im Dunkeln, auch der Flur, doch im Esszimmer brannte Licht. Der Platzregen fiel auf den offenen Balkon, und da stand sie, im Nachthemd und mit einem Schal um die Schultern, beugte sich über das Geländer und blickte auf die Straße. In den Händen hielt sie einen weiteren Regenschirm, öffnete ihn gerade, als Bruno keuchend an der Schwelle zum Balkon stehen blieb.

»Frau Pauli, was machen Sie denn da? Es regnet zu stark … Ist Ihnen ein Schirm runtergefallen?«

»Ich habe noch viele, keine Sorge.«

Ihr Blick war starr auf die Ecke Torrente de las Flores gerichtet, wo eine Straßenlaterne flackerte, und er konnte an den glänzenden Pupillen der alten Frau die Intensität ihrer Gefühle bei diesem neuen Unsinn erkennen.

»Nun mach schon, Bruno, komm her, hier unter den Regenschirm.«

»Aber es regnet doch so stark, Frau Pauli.«

»Siehst du den Mann an der Ecke, den mit dem gelben Stern an der Jacke? Sieh doch, er ist eben mit den Händen in den Hosentaschen vor der Taverne gestürzt. Siehst du ihn? Er hat die Hände immer noch in den Hosentaschen, wahrscheinlich ist ihm kalt. Ich habe ihm den Regenschirm runtergeworfen, aber er hat ihn nicht gesehen …«

»Da ist niemand, Frau Pauli. Bitte …«

Er berührte ihren triefendnassen Arm, sie sollte ins Haus gehen, doch sie wich ihm aus.

»Warte«, sagte sie. »Du musst ihn sehen. Es ist nicht leicht, weil so viele Menschen die Straße auf und ab gehen, die wollen ihn auch nicht sehen, und wenn sie ihn sehen, wollen sie es nicht glauben … Aber du musst mir glauben, mein Kind. Ich habe wandelnde Skelette vorbeiziehen sehen, ich schwöre es dir. Und das nicht nur auf dieser

Straße, auch auf der Lesznostraße, die ist wie ein Friedhof.«

»Aha.«

»Und schau mal dort, auf dem Bürgersteig gegenüber, schau dir die Frau an, die mit einem Kind in den Armen am Boden kauert. Siehst du sie? Jetzt sitzt sie schon seit drei Stunden vor der Tür.«

»Ja, schon gut. Gehen wir rein, Frau Pauli ...«

»Siehst du ihre offene Hand, die hinter dem Köpfchen des Kindes hervorschaut? Nicht dass sie bettelt, glaub das nicht. Vielleicht ist sie tot und ihr Kind auch, vielleicht aber auch nicht. Sie hat einen Schuh verloren, der liegt da, siehst du ihn, neben dem Kantstein ... Man müsste ihr einen Regenschirm geben und das Kind ins Waisenhaus in der Krochmalnastraße bringen, bevor der Trupp der Totengräber mit der Schubkarre kommt und die toten Kinder einsammelt ... Hörst du mir zu, mein Lieber?« Sie hatte den Regenschirm geschlossen, wollte ihn Bruno geben, hielt jedoch inne, als sie merkte, dass er unentschieden und verschreckt war. »Was ist? Von hier aus kann man das nicht so gut sehen, aber wenn du runter und näher herangehst ... Glaubst du mir etwa nicht, mein Kind?«

Völlig durchnässt und unfähig zu reagieren, schaute Bruno bestürzt auf den geschlossenen Regenschirm, den die alte Frau fest umklammerte, als könne er an dessen gebogenem Griff die Ursache für die Halluzination ablesen. Frau Pauli bewegte sich in mutwilligen kleinen Tanzschritten am Geländer entlang, beobachtete dabei ständig die Straße, und Bruno forschte in ihren verblendeten Puppenaugen nach diesem Funken Licht, der den Wasserschleier und die nächtlichen Schatten durchdrang und die Chimäre lebendig hielt. Unten befleckte das schmutzige Licht der Laternen die Hausfassaden, und die Gasse wirkte alt und modrig, eine gespenstische Bühne, offen für die Ausfälle von Frau Pauli, für diese quälerische Inventur von Schatten und Schicksalen, die sie, wer weiß, wie lange schon, vorbeiziehen sah, und er ließ das jetzt schweigend über sich ergehen, mit einer unfreiwilligen, ihm eher lästigen Neugier; nicht darauf hören, sagte er sich erneut, das waren Ungereimtheiten, Ergüsse einer verstörten alten Frau. Heute Abend war er jedoch selbst verwirrt und etwas verängstigt. Besonders beunruhigte ihn, dass die Aufzählung von Kalamitäten dermaßen gebetsmühlenartig und genau war, ausgeschmückt mit so überraschenden wie unheimlichen Details: der im Regen verlorene Schuh, die tote Hand, der Stern auf der Brust ... Warum erfassten die Augen der Alten mit einer so minutiösen Genauigkeit noch die leiseste Geste der Sorge und der Verlassenheit bei diesen Schatten oder Häufchen, die sie auf dem Bürgersteig zu sehen meinte, egal ob das nun Gesichte oder bloße Einbildungen waren? Und warum dieser Eifer, es ihm haarklein vor Augen zu führen, damit ihm auch ja keine Einzelheit entging?

Er hatte darauf keine Antwort, begnügte sich damit, abermals und mit wenig Überzeugungskraft abzustreiten, dass irgendjemand unten auf der Straße sei. Er versuchte, Frau Pauli auf das Wirkliche und Naheliegende hinzulenken: Es sei sehr spät und es regne stark, sie sei pitschnass und müsse schnell ins Haus, wenn sie sich keine Lungenentzündung holen wolle. Auch das half nicht. Ihr ungeheuerlicher Blick war immer noch auf den Gehsteig gegenüber gerichtet, angezogen von dringlicheren Nöten oder Neigungen. Er konnte nichts anderes tun, als weiter zu insistieren, und zog leicht am einen Ende des Schals.

»Lassen Sie uns reingehen, Frau Pauli, bitte. Auf der Straße ist nichts los, da ist kein Mensch. Ich komme doch gerade von dort, da ist niemand, ich schwöre es Ihnen.«

»Wie kannst du so was sagen?!«, protestierte sie. »Etwas mehr Aufmerksamkeit, ich bitte dich! Oder glaubst du mir etwa nicht?«

»Ich sehe niemanden, wirklich nicht …«

»Aber, aber. Ist es dir unangenehm hinzuschauen?« Sie schirmte mit der Hand die Augen vor dem Regen ab, musterte das besorgte Gesicht des

Jungen von Nahem und fügte in klagendem Ton hinzu: »Ist es das, mein Schatz? Du willst es einfach nicht sehen?«

»Nein, nein. Es ist nur ... nun gut, ich weiß nicht, wie ich das erklären soll, aber alles, was Sie da sehen, Entschuldigung, aber es ist nicht ...«

»Sag mir nur eines. Bitte. Glaubst du mir oder nicht?«

Bruno senkte den Blick und hielt die Antwort einen Moment lang, der ihm ewig schien, zurück. Schließlich nickte er, zweimal.

»Dann wollen wir dieser armen Frau helfen«, schlug Frau Pauli vor und gab ihm mit dem geschlossenen Regenschirm einen kleinen Schubs gegen die Brust. »Geh runter und gib ihr den Schirm, sei so gut. Los, mach schon, worauf wartest du?«

Er begriff endlich, dass es nicht genügte hinzuschauen, man musste aktiv werden, und kaum eine Minute später stieg er hinunter, ging über die verschlammte Fahrbahn und bot den geöffneten Regenschirm einem Nest von Schatten an, aus dem sich ein rostiger Türklopfer und eine graue Tür herausschälten. Sich dessen bewusst, dass Dunkelheit und Regen die Szene verwischen würden, beugte er sich hinab und gestikulierte unbeholfen, der vorgeblichen Präsenz Aufmerksamkeit zollend, gab damit einer auf dem Boden kauernden, in Lumpen gehüllten Frau, die ein Kind an ihre Brust drückte, Volumen und Umriss. Er betrieb das langsam und gewissenhaft; ein improvisiertes Blendwerk mit einer Vielzahl von Gesten, die vielleicht zu bemüht eindeutig waren, um glaubhaft zu sein, aber beharrlich und zielstrebig wirkten. Der Regenschirm blieb offen stehen, lehnte an der Holztür, die ihre Farbe verloren hatte, und der Regen trommelte darauf; Bruno richtete sich auf und blickte, Frau Paulis Zustimmung suchend, hoch. Da sah er den Schal mit ausgebreiteten Flügeln wie einen großen, dunklen Vogel im Regen hinuntersegeln und weiter oben die alte Frau, die ihm Zeichen machte, den Schal der Kauernden zu geben; er erwischte ihn noch in der Luft, regennass, schüttelte ihn aus und beugte sich damit zu dem schmerzlichen Umriss der Schatten, legte ihn über den Kopf und die Schultern der schlafenden oder toten Frau. Einen Augenblick lang glaubten seine kältestarren Finger eine warme Stirn zu streifen, eine flüchtige Verbindung mit dem Hirngespinst. Als er sich wieder aufrichtete, sah er Frau Pauli vom Balkon gehen und das Licht im Esszimmer löschen.

Als seine Mutter heimkam, erzählte er ihr davon, und am Tag darauf ging Ruth zu Frau Pauli hoch. Die saß nackt auf dem Bett und hatte eine Schere in der Hand. Sie wirkte niedergeschlagen und verwirrt. Der Käfig des Papageis stand auf dem Nachttisch, und auf dem zerwühlten Bett lagen ein Heft und lose Blätter, zwei noch nicht ganz fertige Papierflieger und ein roter Stift. Ruth half ihr beim Ankleiden und rief dann Érika an.

»Ich hab so etwas kommen sehen, schon lange«, sagte Érika, als sie hereinkam. Nachdem ihr Bruno dann noch erzählt hatte, was am Vortag vorgefallen war, entschied sie, ihre Tante könne nicht weiter allein leben. Sie sorge sich jetzt ernsthaft um die alte Frau und mache sich Vorwürfe, nicht früher etwas unternommen zu haben; sie befürchte, dass ihre immer häufigeren Ausfälle, vor allem aber ihr Verhalten auf dem Balkon und die seltsamen Dinge, die sie laut Bruno dort machte, Kekse und andere Essenssachen sowie Papierflieger für die Kinder hinunterzuwerfen, nicht allein senilen Aussetzern ohne Sinn und Verstand geschuldet waren. Érika meinte, dass der Schrecken und das Elend der Vergangenheit sie eingeholt hätten und dass in diesem Gemütszustand sich immer, wenn sie auf den Balkon trat und auf die Straße sah, ein Abgrund in ihrem Gedächtnis öffnen und sie nicht mehr auf diesem Balkon stehen und diese Straße sehen würde, sondern sich auf dem Balkon ihrer Wohnung im Warschauer Ghetto befand; und was sie hier in der Calle Congost sah oder zu sehen glaubte, waren womöglich Szenen des alltäglichen Grauens auf der Ulica Nowolipie, als ihre Eltern schon in Treblinka umgekommen waren und sie allein in dem Haus wohnte, ein junges Mädchen von gerade einmal zwanzig Jahren, das Schutz bei einem jungen deutschen Offizier fand und es schaffte, jener Hölle zu entkommen.

Meiner Mutter ist es, soweit ich weiß, besser ergangen, weil sie Polen früher verlassen hat. Meine Tante konnte das nicht«, schloss Érika. »Und obwohl ihr später die Flucht gelang, glaube ich allmählich, dass sie jenem Balkon nie entkommen ist ...«

Noch am selben Sonntag, spätnachmittags, packte Érika, von Ruth unterstützt, einen Koffer mit etwas Kleidung, Medikamenten, all dem, was die alte Frau im Augenblick wohl am dringlichsten brauchte, die fast fertigen Wollrosen eingeschlossen, und rief dann ein Taxi. Am Esstisch vor Jacintos Käfig sitzend, war Frau Pauli in ein erwartungsvolles Schweigen gesunken, als erwarte sie von dem Vogel Anweisungen.

Von einem nahen Tor aus sahen einige Nachbarinnen sie bald darauf in ein Taxi steigen und gingen zu ihr rüber, doch Frau Pauli ignorierte sie. Sie machte es sich wortlos auf dem Rücksitz bequem, forderte nur, dass Jacintos Käfig neben sie käme. Als das Taxi um die Ecke bog, suchten ihre lebhaften Augen hinter der Autoscheibe Bruno, der genau an der Stelle stand, wo er am Vortag den offenen Regenschirm und den Schal gelassen hatte, damit eine frierende Frau und ein Kind sich vor dem Regen schützen konnten. Und Frau Pauli lächelte ihm zu.

Die Ferien waren zu Ende, und Bruno kehrte zurück zur Arbeit in die Konditorei an der Plaza del Sol. Am ersten Tag ging er sehr früh aus dem Haus, die Sonne spiegelte sich gerade erst in den Scheiben der höher gelegenen Fenster, war noch nicht bis zum Bürgersteig vorgerückt und schien das auch gar nicht zu wollen. Die Calle Congost bei Sonnenaufgang schien mit ihren erloschenen Farben und einer Stille wie von altem Samt auf die Brüder Rabinad zu warten. Bruno hatte die sechs Pesetas und fünfundsiebzig Céntimos, die er dem Kahlen Kürbis schuldete, in der Tasche, wollte sie mit sich herumtragen, bis er ihm begegnete. Am selben Tag, es dämmerte schon, kam er spät und etwas traurig nach Hause.

»Ist was passiert?«, fragte Ruth.

»Nichts ist passiert.«

»Wirklich? Wo bist du gewesen?«

»Ich bin rumgelaufen, nur so.«

Mit gesenktem Blick, unwillig, erklärte er schließlich, er sei zur Rambla gegangen, habe seinen Vater zum Essen einladen wollen, aber der sei schon weg gewesen.

»Ein Schuhputzer, der ihn kennt, hat mir gesagt, dass er gestern aufgebrochen ist.« Und nach einem angespannten Schweigen, verächtlich: »Ganz schön eilig, wie? Na ja, er verpasst was.«

Ruth begriff, dass der Groll ihm selbst galt, dass Bruno seinen zu späten Entschluss bedauerte. Sie sagte, er solle sich keine Sorgen machen. »Der gute Wille zählt.«

»Hmm.«

Zwei Tage später klingelte der Angestellte eines Rahmengeschäfts aus der Calle Joan Blanques bei Ruth: Die Nachbarin vom zweiten Stock sei nicht zu Hause, nun komme er schon zum zweiten Mal her, ohne sie anzutreffen; ob sie so freundlich sei, Frau Pauli ein paar Fotos zu übergeben, die sie bei ihm habe rahmen lassen. Er brachte sie in einem Umschlag, und Ruth erbot sich, sie Érika zu geben, die zurückkommen musste, um sich um die Wohnung zu kümmern.

Neugierig geworden, nahm Bruno abends den Umschlag mit in sein Zimmer und öffnete ihn. Es handelte sich um drei alte Fotografien in Sepia, Postkartenformat, mit ledernem Rahmen und einem Ständer zum Aufstellen an der Rückseite. Er vermutete, dass es die Fotos waren, die Frau Pauli mehr als einmal von ihrer Nichte zurückgefordert hatte. Auf einem waren Herr und Frau Pawlikowski, untergehakt und lächelnd, vor ihrer Haustür zu sehen, auf dem anderen Irena und Hanna als kleine Mädchen in der Tanzschule, im Trikot an der Ballettstange posierend. Auf beiden Fotos hatten Gegenlicht und vergehende Zeit einen Schleier über die Gesichter gelegt, und Brunos Blick glitt gleichgültig über sie hinweg. Beim dritten aber verschlug es ihm den Atem. Auf dem Foto, aus irgendeiner Zeitschrift oder Zeitung ausgeschnitten, war ein Stück von einer gepflasterten Straße zu sehen, lepröse Fassaden und viele Menschen auf dem Trottoir, Männer, Frauen und Kinder kamen oder gingen, ein wenig schlafwandlerisch und leicht zerlumpt, unterwürfig und lustlos auf ihrem täglichen Weg, manche standen verkrampft da oder taten neugierig, eine Frau mit einem stolzen Hut, drei Männer mit weißen Armbinden, andere trugen unförmige Mäntel und Mützen. Düstere Vorzeichen von Elend und Unterdrückung schienen ihre Schritte zum Ende der Straße zu lenken, mutlos, resigniert und schicksalsergeben. Weiter hinten auf dem Foto war eine Straßenlaterne zu erkennen und ein Balkon mit einem Eisengeländer, an dem ein diffuser weißer Schatten lehnte. Und unten auf dem Trottoir saßen auf dem Kantstein, Ellbogen an Ellbogen und den Raubtierblick starr auf die Kamera gerichtet, fünf barfüßige Jungen, zerlumpt und mager, vor einem gleichfalls schmutzigen und barfüßigen Kleinen, der auf so etwas wie einem Holzscheit zu sitzen schien. Den zweiten von rechts, kahlrasierter Schädel und die wachsamen Augen einer Fledermaus, erkannte er sofort, auch seinen Bruder, der auf dem Holzscheit saß.

Da waren die beiden, in einer anderen Stadt und mit anderen Freunden, geduckt am Kantstein; auf der Lauer nach irgendeiner Gelegenheit baldowerten sie sicherlich neue Listen oder Beutezüge fürs Überleben aus, wie immer am Rande und verschwommen auf diesem überdauernden Standbild in Schwarzweiß; ja, das waren sie, kein Zweifel, die Brüder Rabinad, mit ihrem Blick forderten sie von ihm Rechenschaft, von dieser unbekannten, aber ebenso grauen Straße aus, deren Fassaden ebenso abgeblättert waren und die etwas von einem ewigen, in der Zeit angehaltenen Winter hatte. Bruno schüttelte den Kopf, konnte aber die Augen nicht von den beiden Jungen lösen, von ihren nackten, schmutzigen Füßen, vom Geheimnis ihrer Schutzlosigkeit und ihrer ungewissen Freiheit: Es war ihm, als warteten beide auf ihn, um sich dann zu dritt durchzuschlagen, in den Straßen einer anderen feindseligen Stadt und unter einem Himmel, von dem auch einmal Papierflieger mit guten Nachrichten fallen könnten.

Auf die träumerische Verunsicherung folgten Ernüchterung und Abwehr, er lachte über sich selbst, sagte sich, Jan und Oskar auf diesem alten Foto zu erkennen sei natürlich abwegig und nicht zu erklären, doch, wenn er es recht bedachte, galt das vielleicht auch schon für den Umstand, sie bei ihrem flüchtigen Aufenthalt in der Calle Congost gesehen oder geträumt zu haben. Dennoch, jenseits aller Verblüffung, jenseits seiner erschütterten Überzeugungen wollte er einfach glauben, dass sie es wirklich waren, seine beiden schutzlos sich herumtreibenden Freunde. Er war bereit, es zu glauben, auch nachdem er zum wiederholten Male Ort und Datum unter dem Foto gelesen hatte:

Ulica Nowolipie, Warschauer Ghetto, Sommer 1943

Spanischsprachige Literatur bei Wagenbach

Juan Marsé *Letzte Tage mit Teresa* Roman

Barcelonas Villen, Strände und die erotischen Phantasien der Bourgeoisie: Ein Klassiker der spanischen Literatur.

Aus dem Spanischen von Andrea Rössler
WAT 834. Broschiert. 456 Seiten

Antonio Di Benedetto *Zama wartet* Roman

Zama wartet – auf einen Brief, auf die Rückkehr vergangenen Ruhms, auf ein Schiff, das niemals kommt. Ein lateinamerikanischer Anti-Abenteuerroman, ein absurder Abgesang auf den spanischen Kolonialismus.

Aus dem argentinischen Spanisch von Maria Bamberg
Oktav*heft*. Elegante Klappenbroschur. 256 Seiten

Miguel Delibes
Frau in Rot auf grauem Grund Roman

Miguel Delibes' vollkommenster Roman: eine vorbehaltlose Liebeserklärung und das Porträt einer faszinierenden, höchst eigenwilligen Frau.

Aus dem Spanischen von Michael Hofmann
SVLTO. Rotes Leinen. Fadengeheftet. 144 Seiten